나에게 묻는다

1판 1쇄 발행 | 2020년 2월 20일

지은이 | 윤종호 외
발행인 | 이선우
펴낸곳 | 도서출판 선우미디어
　　　　　등록 | 1997. 8. 7 제305-2014-000020
　　　　　02643 서울시 동대문구 장한로12길 40, 101동 203호
　　　　　☎ 2272-3351, 3352 팩스: 2272-5540
　　　　　sunwoome@hanmail.net
　　　　　Printed in Korea ⓒ 2020. 윤종호 외

값 13,000원

ISBN 978-89-5658-635-9 03810

나에게 묻는다

캐나다 한인문인협회 수필분과 위원회

세 번째 동인지

선우미디어 sunwoomedia

세 번째 수필 동인지를 내며

모국어를 다루는 감성 촉(觸)은 점점 무뎌집니다. 이민의 세월 속에 나타난 어쩔 수 없는 현상이지만, 안타까운 심정에 가슴이 저립니다. 그럴수록 수필 문우들은 합평의 강도를 높이며, 언어의 담금질에 땀을 흘립니다. 모국어를 붙들고 씨름하는 데 뿌리를 돌아보는 지조가 숨어 있고, 우리 문화의 징표(徵表)를 후대에 전하려는 마음이 녹아 있습니다. 고국에 대한 그리움, 고향의 그림자도 어른거립니다.

공동문집 작업을 하다 보면 희생, 양보, 상호 존중의 정신이 바탕을 이루어야 함을 새삼 확인합니다. 격년제로 출간하는 세 번째 동인지가 되니, 일의 추진에 익숙한 면도 생겼습니다. 하지만 지나온 길 어느 구간을 돌아봐도 똑같은 삶은 없는 것 같이, 글 쓰는 환경이 달라지면서 새로운 어려움도 일어납니다. 그런 곤란함은 우리를 나태하지 않게 채찍질하는 자극제가 될 것입니다. '지성적인 글', '상투어와 통념의 온상을 말쑥하게 벗어난 수필'을 겨냥하는 우리들의 담대한 결심에는 흔들림이 없습니다.

"이민자는 고국을 떠난 그 날의 국어 수준으로 평생을 산다."
라는 말이 들립니다. 우리들의 국어 표현력이 시대 물결에서
낙오되는가 싶어, 때로는 걱정도 됩니다. 그러니 어쩌겠습니
까. 아름다운 문장으로써 고국에 사랑을 고백하는 참인데, 문
우들끼리 길고 짧은 재주를 주고받으며 어려움을 극복해야지
요. 수필가의 목소리는 낮아도, 독자의 마음속엔 울림으로 남
기를 바라며 묵묵히 애쓸 뿐입니다.

　문인은 글로써 말을 하고, 좋은 문장으로써 세상을 밝힙니다.
우리들의 순수한 문학 정신이 의외의 돌풍을 만나 힘겨운 한
때를 보냈습니다. 문우들과 글을 논하는 잔잔한 이 행복도 강인
한 의지로 지킬 수 있음을 가슴에 새깁니다. 회원들의 글이 점
점 깊어지는 것 같습니다. 자신을 갈고닦기에 한결같은 수필분
과 문우들의 저력을 본 듯해서, 오늘은 자랑하고 싶어집니다.
이 소박한 글 모임이 발전하는 모습으로 이어지기를 소망하며,
세 번째 중간 결과를 엮어 내보냅니다.

　〈도서출판 선우미디어〉에서 힘써주신 덕에, 이번에도 아름
답고 세련된 문집으로 선보이게 되어 기쁩니다. 원고 수집에서
부터 출간에 이르는 과정에 바친 유연훈 님의 노고 또한 잊을
수 없습니다. 모두 모두 감사합니다.

2020년 봄

캐나다한인문인협회 수필분과 위원장 윤종호

민 정 희

- 끝나지 않은 춤
- 날개 접은 새
- 갑자기 떠난 여행
- 니코스 카잔차키스와 조르바의 자유

edigna.min@gmail.com

한이 배어 있다 해도 연륜으로 숙성되지 않는다면 춤의 깊이를 제대로 나타내기 힘들다. 연륜은 몸속에 스며들어 춤추는 사람의 몸짓과 표정, 호흡과 손끝에서조차도 춤의 색깔이 배어 나온다.… 글을 쓴다는 것 역시, 삶의 애환에서 흐르는 진액이 내면에서 발효하여 나만의 향기로 승화되는 구도의 과정과도 같으리라.

—본문 중에서

끝나지 않은 춤

그것은 불꽃이었다. 오래전부터 의식의 한가운데 뿌리 내려 바람이 밀고 오면 피어오르는 불씨였다. 바람의 정체는 그리움이었고, 기억이었다. 침묵 속에 꿈틀대는 내면의 아우성이었다.

고등학교 시절, 친구의 권유로 참석했던 어떤 클럽에서였다. 우연히 마주친 남학생에게서 전해 받은 정체 없는 느낌으로 가슴앓이를 했던 적이 있다. 아마도 머리로 정리되지 않는 추상적 감정이 마음속의 불꽃을 일으켰으리라. 그때 난생처음으로 막연한 느낌을 글로 써 보면서 내면에서 소용돌이치던 회오리를 추슬렀다. 글 속에서 그와 만나고 그와 함께할 수 있는 여러 가능성을 떠올리면서 힘들었던 숨 쉴 공간을 가질 수 있었기 때문이다. 안타까웠지만 말 한번 건네 보지 못하고 일방적으로 타오르던 불꽃은 서서히 사위어졌고, 흔적만은 아직도 먼지 쌓인 기억 속에서 은은한 빛을 내고 있다.

시간은 머나먼 공간을 돌아 낯선 이곳, 캐나다 땅으로 나를 떠밀고 왔다. 새로운 땅에 발붙이고 뿌리내리는 기간은 힘겨웠다. 관념의 굴레나 얽힌 관계에서 벗어나, 보다 자유롭고 폭넓은 기회가 있으리라는 기대는 시작부터 멀리 떨어져 있었다. 예상보다 단단한 언어 장벽에 부딪혀 이민 생활의 한계라는 굴레 속에서 맴돌고 있을 뿐이었다. 넓은 땅 좁은 세계에서, 이성과 지성은 증발하고 철장 안에 갇힌 동물의 본능처럼 벗어나기 위한 몸부림만이 되풀이되었다. 하고 싶은 말을 다 하지 못하고 산다는 것은, 뿌리를 깊게 내리지 못한 채 바람 불면 날아갈 듯 흔들리는 이름 없는 풀과도 같았다.

의식의 뒷전에서 바라만 보고 떠밀려온 세월은 비존재의 시간이었다. 목표 없는 항해는 표류하는 배였다. 학창 시절에 썼던 공상의 글이 떠올랐다. 그 글은 끝없는 방황에서 갈 길을 보여주는 빛이었다. 아픈 마음의 위로였으며 안에 나를 세워준 지표이기도 했다. 그 기억은 망각의 덮개 밑에 남아있던 불씨를 피워 올렸고, 불꽃처럼 다가온 문학의 세계는 식어 가던 심장을 뜨겁게 달구었다.

불현듯 무용을 전공했고 오랫동안 추어왔지만, 한 번도 흡족하게 표현한 적이 없었던 살풀이춤이 머릿속에 펼쳐진다. 무용의 기본적인 요소를 고루 갖추고 있어 한국무용을 심도 있게 추기 위해서라면 반드시 극복해야 하는 춤. 지속적인 연마로 몸의 틀이 안정되어 있어야만 비로소 예술의 경지에 이를 수 있는, 바로 절제와 숙성의 미가 근본인 춤이다.

살풀이춤이란 긴 수건을 들고 맺거나 푸는 반복된 동작을 통하여, 맺혔던 한을 풀어내고 예술적 기쁨으로 승화시키는 춤이다. 억압되어 살았던 옛 시대 여인들과 역사 속에 겹겹이 쌓인 민족의 한을 분출하는 해방의 몸짓이기도 하다. 어떤 꾸밈도 화려함도 없다. 멈추고 있는 듯이 움직이는 절제된 춤사위는 단아하지만, 압도적인 힘을 갖는다. 단전에서 뿜어져 나오는 내공의 힘으로 추기 때문이다.

무용이 몸으로 표현하는 예술이라면, 글은 언어로 표현하는 예술이다. 언어는 자신의 생각과 마음을 전달하는 그릇이며, 소통의 수단이다. 아무리 깊이 있고 위대한 사고라 해도 언어로 표현하는 방법이 적절치 못하다면 물거품처럼 흩어져 버릴 것이다. 반복적이고도 꾸준한 언어 학습을 통해 사유를 잘 풀어내는 것이 우선적 조건이다. 사고가 언어를 이끄는 것이지만, 새로운 언어 습득과 발견이 사고의 변화도 이끌기 때문이다.

살풀이춤의 초점은 발끝에 달려있다. 버선발을 살짝 내보이며 발을 뗄 때의 모습은 마치 구름 위를 걷듯 사뿐해 보이지만, 발목에는 추를 매단 듯 무겁게 띄어야 한다. 유연하되 들뜨지 않아야 하며, 무게 중심을 아래쪽에 집중하는 것 또한 넘어야 할 단계이다. 글 역시 아무리 풍요롭고 아름다운 언어라 해도 사유의 깊이가 얕다면 가벼운 글이 될 것이다. 단전에 힘이 있어야 무겁게 춤을 추듯, 내면에 충실한 내용과 자신만의 철학이 밑받침되어줄 때 무게 있는 글이 되지 않겠는가.

　춤의 기교가 아무리 뛰어나더라도 그 속에 배어 있는 한이 표출되지 않으면 혼이 없는 평범한 무용에 지나지 않는다. 한이 배어 있다 해도 연륜으로 숙성되지 않는다면 춤의 깊이를 제대로 나타내기 힘들다. 연륜은 몸속에 스며들어 춤추는 사람의 몸짓과 표정, 호흡과 손끝에서조차도 춤의 색깔이 배어 나온다. '글은 사람이다.'라는 말처럼, 글의 문체와 표현력, 그 속에 스며 있는 사상은 글 쓰는 사람 특유의 향기를 품고 있다. 글을 쓴다는 것 역시, 삶의 애환에서 흐르는 진액이 내면에서 발효하여 나만의 향기로 승화되는 구도의 과정과도 같으리라.

　나에게 글쓰기란, 관념으로 봉인되었던 자아의 껍질을 깨는 것이요, 그 속에 갇혔던 멍울들을 끄집어내는 힘겨운 작업이다. 마치 살풀이의 긴 수건이 허공을 가르며 깊은 호흡을 토해내듯, 고여 있던 내면의 울림을 세상에 펼쳐내 놓는 것이다. 언 땅을 뚫고 새싹이 움터 오르듯, 고통 속에서 풍요로워지는 삶이 될 것이다. 완성으로 가려고 했지만 이루지 못했던 춤. 내 춤은 아직 끝나지 않았다.

예술은 궁극적으로 한 정점으로 가고자 하는 길이 아닌가. 춤의 연륜이 문학적 변환으로 녹아내려, 종이 위에서 보이는 춤이 되기를 꿈꾸어 본다. 하얀 꿈이 허공에 젖는다. 아마도 생의 무대에서 추는 진정한 살풀이가 되리라.

날개 접은 새

저녁노을이 붉다. 저무는 해는 빛의 광채를 벗으며 자신의 모습을 온전하게 드러낸다. 긴장의 끈을 풀고, 멈추어 숨을 고르는 석양의 시간. 오늘 하루의 무게를 가늠해보는 시간이기도 하다. 볕이 남겨진 창가에 서서, 한낮의 치열했던 광합성을 마무리하는 뒤뜰을 바라본다.

지지대를 돌돌 감으며 올라가고 있는 한줄기 넝쿨이 눈에 띈다. 어느새 지지대 위를 넘어 하늘을 향해 머리를 뻗고 있다. 나가서 자세히 본다. 줄기가 한없이 약한 더덕 잎이다. 분명히 작년에 다 뽑았었는데 잔뿌리 하나가 남아 있었나 보다. 줄 맞춰 심어진 고추와 오이의 키도 며칠 사이 부쩍 자랐다. 남편의 섬세한 손길이 곳곳에 묻어 있음을 눈으로 좇는다. 밀짚모자를 쓰고 겨우내 움츠렸던 땅을 뒤집고 모종을 하던 남편의 모습이 어린다. 문득 눈에 띈 더덕의 여린 줄기에 지지대를 꽂아준 것이리라.

긍정의 아이콘이었던 남편의 옛날 모습을 떠올려 본다. 명동 성당에서 주일 학교 교사로 처음 만난 그의 별명은 작은 거인이었다. 당당함이 어깨에 다부지게 얹혀 있어 작은 체구에도 불구하고 눈에 띄는 사람이었다. 20여 명의 대학생으로 구성된 주일 학교 교사를 이끌었던 그는 유일한 사회인으로서, 과묵하지만 항상 새로운 생각을 하고 그 발상을 행동으로 옮기는 우리들의 롤 모델이기도 했다. 피 끓는 젊은이들의 방황에 울타리가 되어주었고, 예기치 못한 실패에도 격려와 희망을 심어 주었다. 그 시절 그에겐 불가능이란 없어 보였다.

대학 생활 내내 같이 활동해 왔던 그와는 사회에 나와 몇 년 후 다시 만나도 남 같지 않은 친숙함이 배어 있었다. 우리는 연인이기보다는 형제와 같은 자연스러운 모습으로 부부의 연을 맺었다. 조직적이고 완벽주의자인 그와 털털하고 자유로운 성격의 나는 반대의 날이 맞물리며 돌아가는 톱니바퀴처럼, 서로의 다른 부분으로 어렵게 톱니의 이를 맞추며 가족이란 수레를 이끌어 왔다. 존경과 신뢰의 바탕이 되었던 그의 올곧은 성격은 아내의 입장이 되어 바라볼 때, 다소 이상적이고 실속 없는 부분도 있다는 것을 알게 되기까지는 그리 오래 걸리지 않았다. 그 사람 역시 어디로 튈지 모르는 럭비공 같은 나를 감싸주기엔 폭넓은 아량이 필요했을 것이다.

운명의 바람은 태평양을 건너 캐나다란 새로운 터전으로 우리 가족을 싣고 왔다. 호구지책으로 작은 소매 가게를 시작했다. 언어도 환경도 다른 낯선 삶의 현장에서 부딪히며 허둥대던 나날들. 세밀하고도 겹겹으로 얽어진 높은 담장은 넘을 수 없는 벽이었다. 이민 봇짐 속에 넣고 온 꿈은 꺼내 보지도 못했다. 몸을 나누고 싶을 만큼 바쁘고 고달픈 삶의 굴레 속을 맴돌며, 결코 곱지 않은 시선으로 남편을 대해 왔음을 고백한다. 그의 등 뒤에서 거듭된 기대와 실망의 표현으로 적지 않은 부담을 지워준 채, 쫓기듯 떠밀려온 세월이었다. 어쩌면 누군가의 탓으로 책임을 돌리고 원망하는 힘으로 그 힘겨웠던 시간을 버티어 왔는지도 모른다. 남편 역시 그동안 쌓아왔던 경력과 전문적 학문은 펼쳐 보지도 못하고, 오로지 노동의 땀방울만으로 가족의 생계를 책임진다는 것이 등이 휠 것 같은 버거움이었으리라.

그의 뒷모습에는 예전의 당당함은 이미 사라지고 없다. 다만 욕망을 내려놓은 자연과 닮은 모습이 있을 뿐이다. 자연을 사랑하고 그 속에서 행복을 느끼는 소박한 남자. 잔디에 난 민들레 조차도 예뻐서 뽑지 못하겠다는 그의 말에서 짙은 연민을 느낀다. 부부의 길이란 두 줄기 물길이 만나 애정의 강이 되고, 애증의 골짜기를 굽이굽이 넘어 자비(慈悲)의 바다에 도달하는 것인가. 사랑하는 마음과 불쌍히 여기는 마음, 인간의 가장 기본적인 마음을 진정으로 깨우치고 이해하기 위해 우리는 부부(夫婦)라는 관계로 멀고 먼 길을 흘러왔는가.

그는 더는 날려고 하지 않는 날개 접은 새다. 생을 다 바쳐 둥지를 지키는 일만이 그의 본분이라 생각하기 때문이다. 지금의 그를 보면 돌아가신 아버지의 모습이 떠오른다. 자신을 위해서는 아무것도 투자하지 않았던 아낌없이 주는 나무와도 같은 존재. 가장이라는 이유로 앞장서야만 했던 외로운 존재. 이제, 수레의 짐을 내려주고 싶다. 아이들에 대한 미련도, 고단했지만 화려했던 과거도, 미래에 대한 설계조차도. 더는 뒤에서 수레를 밀지 말고 어깨를 비비며 나란히 걸어가리라. 우리에게 허락된 시간 속으로. 가끔은 아버지란 무거운 이름으로 펼쳐보지 못했던 그의 꿈의 날개도 들춰 보리라.

서쪽 숲속으로 해가 잠긴다. 진홍빛 노을은 다가오는 어스름에 자리를 내어주며 대지에 스며들고 있다. 젊었을 땐 회사원의 아내로, 중년엔 가게의 안주인으로, 노년에는 농부의 부인으로 살아가는 것도 괜찮지 싶다.

갑자기 떠난 여행

"엄마 우리 떠나요." 저녁 늦게 퇴근한 딸아이가 현관문을 들어서며 외친다. 오늘 회사를 퇴직했기 때문이다. "언제, 어떻게, 어디로, 예약해야지?" 두서없는 물음표가 튀어나오며 머리회전이 빨라진다. 떠나자는 말만으로도 가슴이 출렁거린다. 아직 방학을 안 했고 평일이니 캠프장에는 자리가 있다고 한다. 남편과 아들은 서로 눈을 맞추더니 지하실로 내려간다. 같이 이민 와서 쓰이지 못한 채, 고스란히 먼지를 쓰고 박혀있던 텐트를 찾기 위해서다. 캐나다로 이민 간다고 결정했을 때 제일 필요할 것이라고 준비했던 물건이 바로 4인용 텐트였다. 아마도 여름이면 캠핑을 가고, 때마다 넓은 땅을 여행하며 살 수 있으리라는 꿈을 꾸었기 때문이리라.

예기치 않게 회사를 옮기게 된 딸아이는 먼저 회사의 마무리가 늦어지게 되어 며칠의 여유도 없이 새 회사로 출근하게 됐다. 그동안 휴가도 못 쓰고 일에 매달렸던 만큼 자신을 위한 보상의 시간이 필요하다고 한다. 이번에 졸업한 아들 역시 다음 주부터 새 직장으로 출근해야 하니 당장 내일 떠나지 않으면 이번 여름의 가족여행은 불가능할 것이다. 그러나 남편이 벌여 놓은 집 안팎의 작은 공사들, 변경하기 힘든 내 스케줄과 맞물려 공동의 빈 시간을 짜 맞추어야만 한다. 미처 끝내지 못한 일들이 나의 발목을 잡으니 떠나려는 마음이 결코 편치만은 않다.

가스버너와 코펠, 라면과 냉장고에 있는 재료가 준비의 전부다. 밤새도록 머리를 맞대고 인터넷으로 찾은 캠프장은 샌드뱅크이다. 토론토에서 동쪽으로 2시간 반 정도 차로 가다 보면 킹스턴 못 미쳐 자리 잡은 샌드뱅크스 주립 공원이 나온다. 그 공원의 서쪽 호수에 접하는 샌드뱅크는 길이가 8km에 달하는 산처럼 쌓인 모래 언덕이다. 그 너머로 대장정의 호수 비치가 펼쳐지며, 바다 못지않게 깨끗하고 부드러운 모래사장으로 유명하다. 온타리오에서 가장 크고 아름다운 해변이기도 하다.

모래로 만들어진 긴 언덕은 낮은 산을 오르는 듯하고 사막을 걷는 듯도 하다. 맨발로 걸어보니 밀가루를 밟는 듯한 부드러움이 머릿속의 번잡함을 지워주고 마음마저 평온하게 만든다. 투명한 속내를 드러내고 잔물결 치는 호수 속에 눈을 맞추니 동해안 어디쯤 와있는 듯한 착각 속으로 빠져든다. 처음엔 온타리오 호수였으나 끊임없이 움직이는 파도에 의해 쓸려온 모래는, 천여 년의 긴 세월 동안 쌓이고 쌓여 호수를 가르는 둑이 된다. 그 위에 온갖 풀과 나무들이 뿌리를 내려 대지를 형성하며, 드넓게 펼쳐진다. 그로 인해 또 하나의 호수가 만들어진 것이다.

거대한 자연은 유구한 세월의 강을 타고 서서히 이동하며 스스로 변화한다. 빗물의 낙수가 바위를 뚫듯, 극히 일상적이고 반복되는 파도는 시간의 더께에 따라 대지를 만들고 깎고 부수며 그들만의 역사를 창조한다. 그에 비해 인간의 삶은 하나의 점과 같이 찰나임을 깨닫게 된다. 그 안에서 우리는 미래를 꿈꾸고 설계하며 다가가려 하지만, 현실 속에서 그 꿈은 요원하게만 느껴지기도 한다. 먼 세월을 돌아 지금 그 자리에 와있다 해도, 미처 우리는 인식하지 못하고 스쳐 보낼 때가 있다. 그동안 조바심내고 집착하며 자신을 괴롭혔던 번민의 부피가 조그맣게 줄어든다. 떠나므로 무거웠던 마음조차 가벼워진다. 그래서 여행은 치유이며 위로가 되는 걸까.

모닥불을 피우고 소시지와 마시멜로를 구워 먹으며 넷이 둘러앉는다. 모기와의 싸움도 아랑곳하지 않고 일렁이는 불빛 사이에 비친 얼굴들은 어린 시절의 모습처럼 상기되고 즐거운 표정들이다. 아이들이 어렸을 땐 노는 날이 없는 비즈니스 때문에 자유롭게 여행에 시간을 내지 못했다. 아이들이 커 가면서 아이들 각자의 생활이 바빠 시간을 못 맞추니, 넷이 뭉쳐 떠날 수 있는 기회가 참으로 드물었다. 더구나 이곳 캐나다에서의 가족 캠핑은 처음이 아닌가. 가족 모두 묵혀두었던 텐트를 15년 만에 사용할 수 있어 감개가 무량하다고 한다.

별이 뜨기를 기다린다. 하늘이 가까워진 듯 별들이 매우 크게 보인다. 북두칠성과 카시오페이아 별자리를 찾는다. 밤의 정적 속에 귀 기울여본다. 나뭇잎을 스치며 지나가는 바람 소리, 뭔가 텐트 위로 떨어져 내리는 소리, 동물들이 먹이를 찾는 소리는 우리가 가족임을 새삼 확인하며 밀착시키는 계기가 된다. 머지않아 아이들은 각자의 보금자리로 떠나게 될 것이다. 과연 몇 번이나 더 이렇게 네 식구 둘러앉아 캠프파이어를 할 수 있을까 생각하니 가슴이 저려온다. 언젠가 우리 각각 지금 이 순간을 아름답게 기억할 것이므로…

낯섦과 설렘이 묻어있는 '갑자기', 행복과 불행의 요소가 포함되어 있지만. 이왕이면 연락 없이 찾아온 친구의 방문이거나, 긴 겨울의 끝 어느 날 활짝 몸을 열은 목련꽃과 같이 기쁨을 주는 '갑자기'였으면 좋겠다. 가끔은 촘촘한 일상의 그물을 찢고, 느닷없이 떠나 보는 '갑자기'도 괜찮지 싶다. 한여름에 소나기와도 같은 촉촉한 시간이 되리라.

니코스 카잔차키스와 조르바의 자유

'나는 아무것도 바라지 않는다. 나는 아무것도 두려워하지 않는다. 나는 자유다.' 20세기 문학의 한 획을 그었던 그리스의 작가 니코스 카잔차키스가 생전에 적은 그의 묘비명이다. 그의 수많은 저서 중 하나인 그리스인 조르바를 읽으며 그와 조르바를 만나게 되었다. 그의 문학에 지대한 영향을 주었던 실존의 인물 조르바를 담은 책 속에는, 그의 묘비명에 의해 추측되는, 그가 그토록 추구했던 자유에 관한 정의가 여러 모습으로 언급된다.

소설의 주인공인 '나'는 철저한 금욕주의자로 이성과 도덕, 윤리의 갑옷을 두른 채, 유토피아적 이상을 꿈꾸는 사람이다. 육체적인 쾌락을 속되게 여기고 그에 부합된 정신적인 삶을 살려고 노력하는 '나'는, 책 속에 진리가 있다고 믿는다. 그리스인 동지를 돕기 위해 전선으로 떠난 절친했던 친구는 이별의 순간, 책벌레라는 말을 충고처럼 남긴다. 그 말에 자극을 받은 '나'는 그동안 책벌레로 살아왔던 삶의 양식을 바꾸어, 행동하는 삶으로 뛰어들기 위해 여행을 떠나기로 한다. 항구도시 피레에프스의 카페에서 크레타 섬으로 가기 위한 배를 기다리던 중, 범상치 않은 기운의 조르바와 만난다. 그리고 그와 함께 크레타 섬에서 갈탄광 사업을 벌인다. 함께 지내는 몇 달 동안 그의 매력에 빠져들게 되고, 그로 인해 서서히 변해가는 자신을 느낀다.

산투르라는 악기를 갖고 다니는 조르바는 산투르는 짐승이며 짐승에겐 자유가 있어야 하고, 그걸 키는 자신은 인간으로 존중되어야 하며 그 뜻 역시 자유라고 강조한다. 사물에서도 생명을 느끼는 그는 날마다 죽을 것처럼 살며, 날마다 새로 태어난 듯 세상을 경이로워한다. 배고픈 육체에 음식을 공급하는 것은 영혼을 행복하게 하는 것이며 육체는 곧 영혼이라 말하는 그는 가슴으로 말하고 본능대로 행동한다. 그러나 그가 거침없이 뱉어내는 말속에는 인간 본성의 통찰과 삶의 본질을 꿰뚫는 원시적 혜안이 진하게 묻어있다. 그가 독립군으로서 살인과 방화와 사기를 서슴지 않고 실행했을 때 그에 대한 결과가 '자유'라는, 부조리와 모순을 경멸하며 더 이상은 조국이나 이념의 지배를 받지 않기로 한다. 자신의 주인은 자신이며 오로지 자신만이 자신을 통제할 수 있다고 믿는 그는 지극히 자유로운 영혼의 소지자이다.

조르바가 생각하는 신은 스펀지에 물을 묻혀 죄를 닦아주는 자비한 신이며 하찮은 미물의 죄를 일일이 따지지 않는 통이 큰 분이다 . 다만 불쌍한 인간을 지나치는, 즉 연민이 없는 이는 벌로 다스리는 신이라고 말한다. 어릴 적 그에게 영향을 준 후세인 아가 성인의 말씀 중 '천당의 일곱 품계도 이 땅의 일곱 품계도 하느님을 품기엔 넉넉하지 않다. 그러나 사람의 가슴은 하느님을 품기에 넉넉하다. 사람의 가슴에 상처를 내지 말라.' 는 교훈은 그의 삶의 철학이 되었다. 독립군과 행상, 광부, 옹기장이, 등을 거치면서 그가 얻은 것은 종교나 이념을 떠나 모든 인간은 똑같이 불쌍한 존재라는 것이며, 그러므로 스스로 해탈해 비로소 인간이 되었다고 말한다.

그는 콩을 먹으면 콩을 말하고, 뱀처럼 온몸을 땅에 붙이고 대지와 호흡하는 단순하고 육감적인 인간이다. 조르바의 앞가슴과 배에는 수많은 상처가 있지만, 등에는 없다. 자신이 하는 행동에 결코 등을 보이지 않았던 그의 생은, 육체와 영혼 그리고 신과 죽음까지도 온몸으로 껴안고 처절하게 문제와 부딪치며 살아온 삶이었다. 나, 즉 저자는 '조르바의 말들은 의미가 풍부하고 포근한 흙냄새가 난다. 그런 말들은 곧 따뜻한 인간미를 지니고 있다는 증거이다. 말에 어떤 가치가 있다면 그것은 그 말이 품고 있는 핏방울로 가늠될 수 있다.'라고 말한다.

갈탄광과 벌목 사업의 실패로 그 둘은 모든 것을 잃게 된다. '나'는 조르바에게 춤을 배워 달라고 청한다. 조르바에게 춤은, 감정을 전달하는 또 다른 언어였다. 또, 그 행위를 통해 스스로 카타르시스를 느끼는 원초적 표출의 수단이기도 했다. 조르바와 '나'는 모든 것을 잃음으로써, 텅 비어진 가슴 속에서 솟아오르는 해방감과 온전한 자유 그리고 희열의 벅찬 감정에 휩싸인다. 두 사람은 함께 춤을 추며 그 감정을 공유한다. 번데기가 나비로 부화하듯, 두꺼운 관념의 껍질을 깨고 새로이 변화된 자신을 '나'는 보게 된다.

그 어디에도 구속되지 않고 자신의 의지대로, 본능대로, 행동하는 자유인 조르바. 그 역시 나름의 법과 질서, 그리고 신의 철학이 있었다. 조르바의 영향으로 서서히 변화하는 나, 즉 카잔차키스는 그가 꿈꾸어 왔던 자유의 참모습을 그의 책 속에서 조르바라는 실존의 인물을 통하여 구현했다. 그가 자유의 개념을 마음속 깊이 각인하게 된 것은 유년 시절, 아버지로부터였다. 그의 또 다른 책 〈영혼의 자서전〉에서 보면, 그가 9살 때, 그의 아버지는 그를 터키인들의 손에 교수형을 당한 기독교도들의 주검에 데리고 간다. 그 주검에 경의를 표하게 하고, 결코 이를 잊지 말라고 당부한다. 누가 이분들을 죽였냐고 그가 질문했을 때 아버지는 '자유'라고 대답한다. 젊었던 한때 사제의 길을 걸고 싶어 했던 카잔차키스는 터키의 지배를 받던 조국의 자유를 비롯하여 영혼의 자유를 일생에 걸쳐 좇았다. 평생의 숙업이었던 그의 자유는, 인간의 본능과 집착, 그리고 죽음의 두려움에서 벗어나는 정신적인 해탈이었다. 그가 미리 준비했던 묘비명의 글귀로 미루어 보아, 그가 찾고자 고뇌하고 갈망했던 자유는 결국 죽음이어야 이룰 수 있다는 뜻이 아니었을까.

이 책을 덮으며 평소에 자주 사용하던 낱말이지만 정작 정의를 정확하게 내리지 못하는 자유의 의미에 대하여 깊이 생각해 본다. 자유란 누구의 억압이나 강요가 아닌 스스로 선택할 수 있는 권리일 것이다. 인간은 매 순간 선택하며 살아간다. 그러나 그 선택에 따른 결과에 대한 책임은 오로지 선택한 자의 몫이리라. 인간에게 주어진 자유의지에는 선악과도 함께 주어졌다는 성경 구절이 머릿속에서 맴돈다.

김 정 수

- 아들
- 모나리자 스마일
- 엄마의 방에서
- 저버린 약속

karen1961@naver.com

과거의 진보적인 사상이 오늘날 보편적이고 진부한 사상으로 자리 잡고 있는 것을 본다. 현재 내가 하는 생각과 행동이 아무리 혁신적이라 하더라도 훗날 평범하게 되고 말 것이란 의미이다. 나는 어떤 삶을 살든 타성에 젖은 선택은 하지 말아야 한다고 인식하고 있다.

—본문 중에서

아들

창문을 통해 앞뜰 잔디에 물을 주고 있는 아들을 바라보았다.
늘 동안이라고 여겼던 자식의 얼굴에 세월의 흔적이 느껴졌다.
나도 모르게 한숨이 흘러나왔다.

2000년 5월, 우리 가족은 커다란 이민 가방 2개를 들고 피어
슨 공항에 내렸다. 중학교 2학년 1학기를 마치지 못한 아들을
데리고 이민 절차가 완전히 끝나지 않았음에도 유학비자만 손
에 쥔 채 서둘러 고국을 떠나왔다. 친구들과 헤어지기 싫어하는
자식의 마음은 헤아리지 않았다. 좁은 땅덩어리에서만 일평생
을 살 수 없다고 의기투합한 우리 부부는 거주지도 미리 정하지
않은 상태에서 무작정 캐나다 땅을 밟았다.

캐나다 삶은 생각만큼 녹록지 않았다. 비교적 개척정신이 강
하다고 자부했던 우리 부부에게 초기 1년간 생활은 기억 속에서
지우고 싶으리만치 자존심 상하는 부끄러운 민낯이었다. 사방
으로 둘러싸인 언어, 문화적 장벽은 도저히 깨뜨릴 수 없는 철

옹성 같았고 부부 사이는 살얼음판 같았다. 아들은 그 속에서 어디로 발을 내디뎌야 할지 모르는 가운데 사춘기를 맞았다.

새로운 터전에서 자리를 잡지 못하고 우왕좌왕하며 잦은 냉전을 벌이는 부모를 보면서 아들은 얼마나 숨이 막혔을까? 영어 빨리 배우기 위해서 한국 친구들 멀리하라고, 한글 책 대신 영어 책 열심히 읽으라고, 운동은 안 하고 컴퓨터 게임에만 빠져 있다고 잔소리하며 캐나다에 온 목적을 애당초 자식에게 둔 것 마냥 숨통을 죄었던 것 같다. 아들은 대입을 준비해야 하는 11~12학년을 밴드 활동에 빠져 지냈다. 질풍노도의 사춘기를 위태롭게 넘기면서 대학에 무사히 진학할 수 있었던 건 이곳 입학 시스템의 유연함도 한몫했지만 그래도 대학은 가야 한다는 한국 부모 특유의 끈질긴 요구가 작용했기 때문이리라.

대학생이 된 아들은 비로소 안정을 찾고 학업에만 몰두하는 듯했다. 그동안 읽지 않던 책도 찾아서 열심히 읽기 시작했고 혼자서 유럽 배낭여행을 다녀오기도 했다. 그러던 어느 날, 비장한 모습으로 프랑스의 틱낫한 스님이 운영하는 '자두 마을'로 출가하겠다는 폭탄선언을 해왔다. 드디어 올 것이 왔구나, 하는 위기감이 엄습했다. 아들의 출가를 저지시키기 위해 고도의 설득력 있는 언변을 장착하느라 며칠을 고민하지 않을 수 없었다. 마음이 독하지 못한 자식은 부모의 설득에 자신의 소망을 또 한 차례 접어주었다. 대신 철학을 공부한 뒤 그래도 여전히 출가의 뜻을 굽히지 못하면 떠난다는 조건으로 말이다. 다행스 럽게 아들은 그 이후 출가에 대한 말을 꺼내지 않았다. 외동인 아들은 철학을 공부하기 시작하면서 부모 외에 인생의 멘토를 만날 수 있었다. 아들의 권유로 우리 부부도 깨어있는 삶을 생 각하는 모임에 참석할 수 있게 되었고, 아들을 더는 자식이라는 범주에 두지 않고 대화할 수 있게 되었다.

이제 아들은 가정을 이루어 한 아이의 아빠가 되었다. 내게 선물과 같이 주어진 손녀의 존재는 메마른 사랑의 샘에 물줄기 를 솟아오르게 했으며 그동안 잊고 지냈던 나 자신과 자식의 관계를 돌아보게 했다. 부모가 된다는 것은 본능만으로 이루어 지는 것이 아니라는 것을. 꾸준히 노력하고 인내하며 배워가지 않으면 어느새 자식을 함부로 대하고 불행에 빠뜨릴 수 있는 소지가 있다는 것을. 자식을 인격체로 생각하지 않고 얼마나 오랜 시간 나의 소유물로 생각해 왔던가. 내 뜻대로 되지 않는 다고 쉽게 짜증을 냈으며 내가 원치 않는 길을 간다고 얼마나 막으려 애썼는가. 부모가 된다는 것이 참으로 쉽지 않은 길인 것을 손녀가 태어나고 나서야 깨닫게 될 줄이야….

손녀가 커가는 모습을 지켜보면서 지난날 잊고 지냈던 아들 의 어릴 적 눈망울이 떠올랐다. 성취감에 눈이 멀어 나 자신이

늘 우선이었던 젊은 날, 커다란 눈망울을 껌뻑이며 엄마를 바라보는 자식을 뒷전으로 하고 내 앞날에만 정신이 팔려 달려왔던 과거가 파노라마처럼 머릿속을 스쳐 지나갔다. 아들에게 '엄마가 너를 낳았을 때, 기쁨보다는 일평생 이 아이가 내게 짐 덩이가 되겠구나.'라며 펑펑 울었다고 이야기했다. 그뿐만 아니라 '회사일로 출장 가면 너보다는 아빠가 더 보고 싶었던 적이 많았다.'고 고백하기도 했다. 자식에게 어설픈 엄마의 역할을 하던 당시, 솔직한 마음으로 인간적인 대화를 하는 것이라 생각했지만, 그 말만은 하지 말았어야 했다.

어느덧 아들에게는 고국보다 이곳 캐나다에서 살아온 햇수가 길어졌다. 직장생활에다 대학원 공부까지 하며 가장으로서 책임감을 지면서 살아가고 있는 아들은, 더 이상 품 안의 자식도 엄마의 사랑을 목말라하는 철부지 어린아이도 아니다. 손녀의 재롱을 바라볼 때마다 어릴 적 아들 역시 이렇게 예쁘고 사랑스러운 짓을 많이 했을 텐데 그 순간을 제대로 누리지 못한 것에 회한이 들 뿐이다. '시간은 기다려주지 않는다. 같은 강물에 발을 두 번 담글 수 없다.'고 하지 않았던가.

일주일 동안 소식이 뜸했던 오늘 아침, 아들에게서 엄마아빠별 일 없느냐는 안부 전화를 받았다. 무소식이 희소식이라 생각하며 지내는 것이 집안 내력인지라 나 또한 이제라도 카톡을 보낼까 망설이고 있었는데 한 발 늦은 셈이다. 난 자주 타이밍을 놓치는 사람이다. 사랑한다고 말해야 할 때 하지 못했고 참아줘야 할 때 그러질 못했다. 그나마 "오늘 새벽, 네 생각을 많이 했단다."라는 말은 전할 수 있어 다행이다.

모나리자 스마일

영화 〈모나리자 스마일〉을 몇 번째 보는지 모르겠다. 최근 인문학 모임에서 '존재와 시간'에 대해 공부하면서 그 영화를 또다시 보게 되었다.

이야기는 1950년대 미국 여자 명문대학 웰슬리(Wellesley College)를 배경으로 펼쳐진다. 그 당시 유럽은 사르트르와 하이데거의 실존주의 철학이 큰 물결로 출렁이고 있었다. 보부아르와 사르트르의 계약 결혼은 획기적이고 파격적인 사건이었으며 이미 페미니즘 실존주의까지 태동하던 시기였다. 반면 미국 사회는 최고의 지성인 대학에서조차 여성 교육 목적이 여전히 현모양처 양성에 있었다. 캘리포니아 출신 캐서린 왓슨이 동부 웰슬리대의 미술사 강사로 부임하면서 전통을 고수하던 그곳에 새로운 바람이 불기 시작한다. 그는 똑똑하고 능력 있는 여성들이 오로지 한 가정의 완벽한 아내, 엄마로서 살아가는 것을 이상으로 여기는 가치관에 제동을 걸며 주체적인 인간으로서의 삶을 찾기를 부르짖는다.

〈모나리자 스마일〉이라는 제목이 암시하듯 그림 속의 모나리자는 진심으로 행복해서 미소를 짓는 것인지, 여자라는 사회적 통념에 맞춰져 언제 어디서나 미소를 띠며 행복한 척 하는 것인지 알 수 없는 존재로서 투사되고 있다. 영화는 네 명의 여대생이 진보적인 캐서린을 만나 어떻게 그들의 삶을 변화시켜 가는지 조명하고 있다. 그 가운데서 나의 관심을 끈 캐릭터는 베티와 조앤이다. 그들이 삶을 결정하는 방식이 대조적이기 때문이다. 베티는 웰슬리에 변화를 가져오려는 캐서린과 사사건건 대립각을 세우며 대학신문 사설에서 그를 신랄하게 비판한다. 부모 뜻대로 명문 집안의 남자와 결혼하지만, 자신이 꿈꾸던 삶이 아니라는 걸 뒤늦게 깨닫게 된다. 결국 캐서린이 추구하는 가치를 이해하고 독립적인 인생을 찾아 나서기로 선언한다. 한편 조앤은 결혼하고서도 공부를 병행할 수 있다는 캐서린의 격려에 힘입어 예일대 법대 합격 통지서까지 받는 출중한 능력을 갖춘 인물이다. 그렇지만 법대 진학을 포기하고 애초 원하던 대로 안정적인 가정을 이루는 삶을 살기로 결정한다. 캐서린의 안타까운 눈빛에 부담을 느꼈기 때문인지 현모양처의 길 또한 자신의 의지로 선택한 것이니 폄하하지 말아 달라고 힘주어 말한다.

내가 만약 그 시대에 살았다면 여자로서 아니 인간으로서 어떤 삶을 선택했을까?

　80년대 초, 그때도 마찬가지로 대졸 여성들이 일자리를 찾기 어려운 시절이었다. 성적은 신통찮았으므로 자기소개서에 나를 적극적으로 알리는 방법을 택했다. 그 덕분인지 국내 굴지의 기업에 운 좋게 서류전형에 합격하여 면접을 볼 기회를 얻었다. 면접관이 '결혼하면 여자는 일을 계속하기 어렵다고 본다. 뽑히고 나서 금방 결혼하면 기업으로선 인력자원 투자에 대한 손실이 큰데 어떻게 생각하느냐?'고 질문했다. 나는 한 치의 망설임도 없이 '결혼은 생각해 본 적이 없다. 결혼과 일 중 하나를 택해야 한다면 당연히 일이다.'라며 확신에 찬 답을 했다. 당시로서는 직업을 갖는 것이 내 삶에서 가장 중요한 목표였고 결혼은 구체적으로 생각해 본 적이 없었다. 결과는 합격이었으나 몇 년 후, 결혼을 앞두고 난관에 부닥치게 되었다. 인사부서장으로부터 내가 아무리 능력이 있다 해도 회사 차원에서 계속 근무시키는 전례를 남기는 것은 원치 않으니 그만둬 달라는 압력을 받게 된 것이다. 나는 그때 '내가 왜 그러한 전례의 마지막 희생자가 되어야 하나? 나는 새로운 전례를 만드는 선구자가 되고 싶다.'고 목소리를 드높였다. 우여곡절 끝에 결혼 후 계속 근무해도 좋다는 승인을 받을 수 있었다. 분쟁에 휘말리기 싫어하는 내 성격상 그것은 대단한 용기였다.

〈모나리자 스마일〉에서 캐서린 왓슨은 왜 그렇게 진보적으로 생각하며 살아가는 것일까? 베티는 이후 어떤 삶을 살아가게 될까? 조앤은 과연 자신의 선택에 후회가 없을까? 내가 만약 그 시대로 돌아간다면 80년대에 그랬던 것처럼 캐서린과 베티의 길을 선택할 수 있었을지 모르겠다. 두 여자는 대부분의 사람이 관습대로 가는 행로를 따르지 않고 자신이 진심으로 원하는 삶으로 나아가기 위해 동굴 밖으로 나왔다. 이는 내가 추구하고자 하는 삶의 태도이어야 한다고 생각하지만, 결코 쉬운 일이 아니다.

과거의 진보적인 사상이 오늘날 보편적이고 진부한 사상으로 자리 잡고 있는 것을 본다. 현재 내가 하는 생각과 행동이 아무리 혁신적이라 하더라도 훗날 평범하게 되고 말 것이란 의미이다. 나는 어떤 삶을 살든 타성에 젖은 선택은 하지 말아야 한다고 인식하고 있다. 개인의 깨어있는 의식이 시대의 조류를 바꿀 수 있다는 자각은 과거를 통해서도 배우고 있지 않은가. 나의 경우는 순전히 내 개인의 권리와 이익을 추구하기 위해 실행한 행동이지만, 여성이 결혼 후에도 기업에서 계속 일할 수 있는 변화를 이루는데 일조하는 결과를 가져올 수 있었다.

앞서 나아간다는 것, 도전한다는 것은 어느 시대나 장벽에 부딪히게 마련이다. 그럼에도 불구하고 다음 시대의 동력이 되어 발전을 꾀할 수 있다는 사실은 그 누구도 부정할 수 없으리라. 무슨 일이든 새롭게 길을 여는 일에는 '떨림과 두려움'이 동반된다. 따라서 자신을 옭아매고 있는 틀을 과감히 깨뜨리고 어제와 다른 모습으로 살아가는 것은, 어쩌면 지나가는 시간 속에 내 존재의 본질을 끊임없이 찾아가는 과정이 아닐까?

엄마의 방에서

엄마의 방에서 새벽에 눈을 떴다. 3월, 고국의 꽃샘추위는 토론토 날씨 못지않게 매섭다. 방바닥을 데우는 보일러 덕분에 마치 온돌방에 자리를 펴고 누워있는 듯하다. 엄마가 잠자던 싱글 침대에는 남편이 곤하게 코를 골며 자고 있다. 토론토에서 서울까지 14시간 비행으로 아직 피곤하지만, 다시 잠들기는 그른 것 같다.

여러 가지 상념으로 마음이 복잡하다. 내가 한국에 왔다는 사실조차 알지 못하는 엄마 때문인가 보다. 이 방에서 초점 잃은 눈동자를 하고 몇 개 남지 않은 치아로 간신히 음식물을 씹고 있던 엄마는 지금 요양원에 계신다. 만나면 나를 알아볼 수나 있을지 모르겠다.

두어 해 전, 요양원 입소를 거부하는 엄마에게 캐나다에서 전화로 언성을 높여가며 윽박질렀다. 제발 자식들 걱정 그만 끼치고 시키는 대로 하시라고. 엄마는 그날 종일 버티셨다. 그러다 다음날 곧장 요양원에 들어가셨다. 나는 죄책감에 마음이 아렸다. 그때 나 역시 결심했다. 자식이 나를 돌보기 힘들어 하면 기꺼이 내 발로 요양원에 들어가리라고.

주인 없는 방에서 한 사람이 사용하던 가구와 물건을 바라보는 느낌은 참 묘하다. 특히 그 주인이 이곳에 돌아오기 힘들 거라는 상상을 하면 더 그렇다. 무심코 낡은 플라스틱 서랍장을 여닫으니 부스러진 조각이 우수수 떨어진다. 불필요하다는 생각이 들면 무엇이든지 과감히 잘 버리는 나에 비해, 좀처럼 버리지 못하는 엄마는 수명이 다한 것들을 여태껏 가지고 있다. 반짇고리와 그 안에 들어있는 실패들도 쓸 만한 게 거의 없다. 누렇게 변색된 흰 실을 버리려다 멈췄다. 유효기간이 훨씬 지난 화장품 샘플은 왜 이리도 많이 챙겨 둔 건지.

대부분 50년은 족히 넘은 가구와 물건들이 엄마의 방을 채우고 있다. 버려야 할 것과 남아야 할 것이 뒤섞여 있다. 저마다 이야기를 품고 있는 것들이다. 검은색 앉은뱅이 자개 화장대 앞에 앉았다. 이것을 들여놓던 날, 기쁨에 들떠 아이 같았던 엄마의 표정이 어슴푸레 기억난다. 이제는 서랍 손잡이와 자개 장식도 여러 군데 떨어져 나가서 볼품없지만, 엄마가 가장 애지중지하던 보물 1호였음에 틀림없다. 화장대 거울에 내 모습이 비친다. 그 속에 정성 들여 화장하는 엄마의 옛 모습도 아른거리는 듯하다.

할머니가 물려 준 100년도 더 된 머릿장이 빛을 잃은 채 귀퉁이에 놓여 있다. 주인의 손길에서 벗어난 티가 역력하다. 엄마는 몸통뿐 아니라 경첩과 손잡이 부분까지 늘 윤이 나게 반들반들 닦았다. 나와 함께 머릿장을 닦을 때마다 독하게 시집살이를 시켰다는 할머니의 뒷담화를 하곤 했다. 그토록 미워하던 시어머니의 유품인데 뭐 하려고 광을 내며 정성을 쏟은 것인지. 엄마 역시 집안의 가보로 며느리에게 대대로 물려주고 싶었던 것일까?

유행이 한참 지난, 바퀴 없는 트렁크 2개가 눈길을 끈다. 아버지의 유품이다. 아버지는 저 가방을 들고 자주 외국을 드나들었다. 엄마는 그런 아버지를 자랑스럽게 여겼지만 한편으론 많이 부러워했던 듯싶다. 두 분이 저 큰 가방을 들고 함께 여행하는 모습은 본 적이 없다. 화장대 위에 군복 차림의 아버지 영정 사진이 엄마의 방을 응시하고 있다. 30년 전부터 한결같은 모습으로 엄마를 지켜봤으리라. 맞은편 침대 위에 엄마의 칠순맞이 가족사진이 금박 프레임으로 둘러싸여 걸려 있다. 우리 가족이 캐나다 이민 오기 3일 전에 찍은 기념사진이다. 20년 전 얼굴들이 환하게 웃고 있다. 엄마는 어쩌면 사진 속 아버지와 나를 번갈아 보면서 이별의 아픔을 삭이곤 했는지도 모른다.

갑자기 추억이 담겨있던 물건을 불필요하다고 여겨 과감하게 정리한 내 행동이 경솔했다는 생각이 든다. 엄마의 방을 차지하고 있는 낡은 가구와 필요 없어 보이는 물건들이, 잠자고 있던 나의 기억 세포를 깨우는 것인 줄 진작 알았더라면... 먼 훗날 나처럼 회상에 잠길지도 모를 자식을 위해 몇 점이라도 남겨 둘 걸 하는 아쉬움이 생긴다. 삶에는 이따금 후회와 모순이 따르는 법인가 보다. 엄마같이 망각의 시간이 찾아올 때까지 살고 싶지 않지만, 엄마가 치매 걸린 모습으로라도 살아계신다는 사실에 위안을 얻기도 하니 말이다.

엄마의 글이 보고 싶다. 글을 보면 엄마를 더 잘 알 수 있을 것만 같다. 이곳저곳 샅샅이 뒤져 보지만 엄마가 쓴 일기는커녕 메모지 한 장 발견할 수 없다. 그리고 보니 엄마에게 편지를 받아본 기억이 나지 않는다. 엄마가 제정신일 때 왜 한 번이라도 글쓰기를 권고하지 않았을까 후회가 된다. 엄마는 무슨 생각을 하며 살았는지, 엄마의 꿈과 현실 사이엔 어떤 괴리감이 있었는지 궁금한 것이 많은데… 더 이상 소통이 불가능한 엄마의 속내는 영원히 풀 수 없는 수수께끼마냥 오리무중이 되고 말았다.

엄마가 돌아가시면 이 많은 물건 중에 무엇을 유품으로 간직하고 싶은지 생각해 본다. 엄마가 즐겨 끼던 반지? 목걸이? 그런 것은 가지고 싶은 마음이 별로 없다. 엄마는 정신이 온전할 때 하나밖에 없는 딸자식인 내게 무얼 남기고 싶어 했을까? 이 방에 머무는 동안, 엄마가 가장 잘 느껴지는, 엄마를 오래오래 기억할 수 있는 물건 하나라도 찾아 돌아갈 수 있으면 좋겠다.

화장대 서랍에서 내가 오래 전 보낸 크리스마스카드를 찾았다. '사랑하는 엄마에게'라고 쓰인 글자가 유난히 정답게 다가온다. 이 카드를 받고 흐뭇했을 엄마의 미소가 어느덧 내 입가에도 감돈다.

저버린 약속

살면서 지키지 못할 약속을 한 적이 얼마나 될까?

영국 작가 존 골즈워디가 쓴 〈사과나무 아래서〉는 순진한 시골 처녀 메건과 대학생인 도시 청년 프랭크의 비극적 사랑을 그린 소설이다.

친구와 도보 여행 도중 다리를 다친 프랭크는 사과나무 농장이 있는 마을에서 우연히 마주친 메건의 청순한 모습에 반한다. 평온한 농가에서 다친 곳을 치료받는 동안 급속도로 가까워진 두 사람은 한시도 떨어져서는 못 견딜 만큼 사랑에 빠진다. 함께 도망칠 결심까지 하지만 이성을 찾은 프랭크는 학업을 마치면 데리러 오겠다는 약속을 하고 떠난다. 그러나 도시로 돌아온 그는 바쁜 나날에 파묻혀 어느새 메건과의 사랑도 약속도 잊어버리고 만다. 세월이 흘러 아내와 은혼식 여행 중 옛 사과나무 마을을 다시 찾은 프랭크. 자신을 하염없이 기다리다 숨을 거둔 메건의 소식을 듣게 된다. 두 사람이 사랑의 언약을 나눴던 사과나무 아래 그녀가 영원히 잠들어 있다는 사실을 알고서는 뒤늦게 회한의 눈물을 흘린다.

어릴 적, 이 소설을 읽고 나서 약속을 지키지 못한 프랭크를 무척 원망했다. 사랑이 어떻게 그토록 쉽게 잊히고 변할 수 있는지 이해할 수 없었고, 사랑하는 사람의 약속을 철석같이 믿고 기다리다 생을 마감한 메건이 불쌍하여 가슴이 저리기까지 했다. 그런데 돌이켜 보면 나도 바로 그 '프랭크'였던 적이 있었다.

대학 졸업반 때였다. 젊음은 잔혹하리만치 영혼을 가만히 놓아두지 않았다. 갑작스레 밀려드는 허무함을 견디다 못해 가정교사로 있던 학생 집을 나와 무작정 기차를 탔다. 나와 연결된 현실을 모두 끊어 버리고 아무도 모르는 곳에 가서 살고 싶다는 마음만 품은 채, K시의 한 보육원의 문을 두드렸다. 원장은 사정이 딱해 보였는지 며칠만 머물다 가라고 허락해 주었다. 거기서 나는 부모 없는 아이들과 처음으로 만나게 되었다. 아이들은 호기심에 찬 눈으로 나를 바라보았다. 낮에는 공부와 놀이를 하고 밤에는 이불 속에서 그들의 가슴 아픈 이야기를 들으면서 금방 친해졌다. 하지만 일주일도 못 돼서 나는 정신을 차리고 그곳을 떠나기로 했다. 아이들은 이별을 슬퍼하며 역까지 따라나와 배웅해 주었다. 졸업하면 다시 찾아오겠다고, 서울 가면

꼭 편지를 보내겠다고 약속한 뒤 그들과 헤어졌다. 그러나 그 이후로 다시 찾아보기는커녕 편지로도 연락을 취해 본 적이 없었다.

나를 잠시나마 믿고 의지했던 천진난만한 아이들에게 소설 속 프랭크처럼 지키지 못할 약속을 했던 것이다. 다시 일상으로 돌아와 예전처럼 살면서 그들을 까마득하게 잊고 말았다. 아니 간혹 생각이 났지만 잊고 싶었는지도 모른다. 부모 잃은 아이들에게 나는 또 다른 상실감을 안겨 주고 외면해 버렸다. 그들 중 한 사람이라도 저버린 나의 약속 때문에 일평생 사람을 신뢰하지 못하는 상처를 입었다면 나는 못 할 짓을 한 셈이다. 격동의 젊은 날, 내 앞가림도 못해 방황을 거듭하던 와중에 섣불리 한 약속이 몇 십 년이 지난 오늘까지도 기억 속에서 떨쳐지지 않는다. 그 당시 약속을 저버린 행위가 평생 내 안에 부끄러움으로 남아 있었기 때문이리라.

강아지를 무척 예뻐하여 키우고 싶어 하는 다섯 살 난 손녀에게 "네가 10살이 되면 우리 집에서 강아지를 기르마."하고 약속했다. 손녀는 내게 절대 잊지 말라고 손가락을 걸며 도장까지 찍었다. 강아지를 별로 좋아하지 않는 며느리에게 그 이야기를 했더니 떨떠름한 표정을 지었다. 나는 "여행 갈 때는 강아지를 잠시 너희 집에 맡길 수 있겠지?"하고 물었다. 그런데 며느리는 단번에 "노 땡큐"라고 거절하는 게 아닌가. 아이가 좀 지나면 약속을 잊어버릴 테니 염려하지 말라고 위로 아닌 위로까지 덧붙였다. 순간 당황했지만, 자신이 지킬 수 없는 일이라면 아예 약속조차 하지 않겠다는 며느리가 분별력 있고 이성적이란 생각이 들었다. 손녀를 기쁘게 해주고 싶다는 마음으로 덜컥 손가락까지 건 내가, 5년 후 아이가 설사 그 약속을 잊을지라도 과연 모른 척하고 마음 편하게 지낼 수 있을까?

이따금 지키기 어려운 약속을 하고 힘들어하는 자신을 느낄 때가 있다. 유난히 약속에 대해 엄격한 잣대를 들이대는 나의 성격 탓이기도 하다. 계획을 세우고 그것을 실천하느냐 못하느냐는 일종의 나와의 약속이다. 나는 종종 그 약속을 지키지 못할 때가 많았다. 그렇지만 타인과의 약속은 성인이 되고 나서부터는 무슨 일이 있더라도 지키려고 노력해 왔다. 자신과의 약속을 지키지 못하는 것은 게으름과 능력의 한계를 핑계로 댈 수 있다. 반면 타인과의 약속을 저버리는 일은 신뢰를 무너뜨릴 뿐 아니라 상대방의 삶에 어떤 영향을 미칠지 알 수 없기 때문이다. 약속은 지키기 위해 있는 것이지만, 부득이 지킬 수 없는 상황이 온다면 비겁하게 숨지 말고 최소한 미안함을 품은 마음 정도는 전해야 하지 않을까 싶다. 프랭크가 메건에게, 내가 아이들에게 그런 마음을 한 번만이라도 전할 수 있었더라면….

손녀에게 한 약속을 지키는 일은 앞으로 5년이라는 시간이 남아 있다. 나는 그 약속을 반드시 지켜야 할 터이지만, 만약 곤란한 상황이 오더라도 회피하지 않겠다는 다짐을 하니 한결 마음이 가벼워진다.

김 인 숙

- 사탕
- 꽃병을 들고 걷는 엄마
- 성인식(Debut)
- 같이 하는 성장

myspeechlady@hotmail.com

자식들을 향한 부모의 사랑이야 다 무한하지만, 자식에 합당한 부모가 되는 일은 자연스럽게 이루어지는 일은 아닐 것이다. 아이들을 관찰하고, 이해하고, 많은 것을 포기도 하고, 아이들이 택한 길을 효과적으로 갈 수 있게 인도해야 하는 과정 등이 연결되어 일어나는 긴 여정이다.

―본문 중에서

사탕

서로 떨어져 살아도 매일 한두 메시지라도 나누며 사는 친구가 있다. 그녀는 한국을 방문했던 남편 편에 여러 봉지의 사탕을 보내왔다. 피식 웃음이 나왔다. 뜬금없이 아이들이 먹는 사탕을 이 먼 곳까지 보냈다는 게 재미있었고, 얼마나 맛있는 사탕인가 궁금하기도 했다. 테이블 위에 쌓여있는 사탕을 며칠 쳐다만 보며 다녔다. 많은 물건 중에 친구가 골라 보내준 사탕들이 사랑스러웠고 먹기에도 아까웠다.

며칠 후, 집을 나서며 사탕 한 봉지를 집어 핸드백에 넣었다. 하루의 일과가 끝나고 저녁 늦게 집으로 향하는데 전화 한 통이 울렸다. 아침에 할머니가 입원하였다고 연락했던 가족이었다. 목회를 하는 남편에게 늘 있는 전화통화이고, 또 병원을 방문하는 일은 우리들의 일상이었다. 병원에서 만나고 헤어진 게 반나절밖에 안 되는데 그 사이 할머니가 세상을 떠났다는 소식을 전했다. 낮에 병원에서 본 할머니는 위독해 보이지는 않았다.

지친 듯 누워 있다가 잠깐씩 눈을 뜨려 애쓰곤 했다. 암만 구순 노인이라고 해도 준비된 죽음은 없다. 가족들에게 할머니의 죽음은 갑자기 일어난 충격적인 일이었다.

우리는 집으로 가던 길을 돌려 다시 병원으로 향했다. 모여 있던 십여 명의 가족들은 우리의 얼굴을 보자 다시 눈물을 흘리기도 하고, 갑자기 생긴 일의 경위를 설명하면서 병실은 잠시 술렁였다. 방안은 다시 조용해지고 막내아들의 애달픈 몸부림과 흐느낌만이 둘러싼 사람들의 시선을 끌고 있었다. 오열하는 한 사람을 향한 모두의 관심이 불편해 보여서, 나는 옆에 선 십대의 손주들에게 물었다. "너희들은 언제 뭘 좀 먹었니?" 두서너 명의 손자들이 동시에 머리를 저으며 하루 종일 아무것도 먹지 못했다고 답했다. 아직도 병원으로 오고 있는 가족들이 있어 기다리는 중이어서 누구도 병실을 떠나 식당으로 갈 생각을 못하고 있었다. 그때 가방 속의 사탕봉지가 생각났고, 나는 사탕을 꺼내어 한 바퀴 돌렸다. 시신을 중심으로 빙 둘러 선 식구들이 사탕을 입에 물고 우물거리는 모습은 어찌 보면 우습기도 한, 상황에 맞지 않는 기이한 모습이었다.

돌아가신 빈센타(Vincenta) 할머니는 필리핀사람으로 노년에 자식들을 따라 캐나다로 이주하였다. 그녀는 11명의 자식을 낳아 키우고 손주도 40명이나 되었다. 할머니는 초등학교 학생처럼 작은 체구에, 뒤로 묶은 흰머리는 손가락 정도로 가늘었고, 이도 많이 빠진 모습이었다. 누가 설명해주지 않아도 삶의 피곤함과 무거웠던 무게가 묻어 있는 얼굴이었다. 산고의 아픔도 많았을 테고 무엇보다 자식이 많으니, 기쁜 일도 애절하고 슬픈 일도 끊이지 않고 일어나는 일생을 보냈을 것이다. 가난한 나라에서 남들이 다하는 힘든 생활 외에도, 딸들이 먼 생소한 나라, 이란, 일본, 캐나다 등으로 일거리를 찾아 떠나 몇 년씩 보지 못 하고 살았다. 그들이 떼어놓고 간 손주들을 돌보며, 아이들의 애절한 그리움도 지켜보았다. 당신 앞에서 자식이 먼저 세상을 뜨는 일까지도 겪었던 긴 고단한 삶이었다.

빈센타 할머니 생애에 행복했던 순간들을 꼽으라 하면 할머니는 주저하지 않고 음식을 풍성히 차려놓고 가족들과 나누며 같이 웃을 수 있던 순간들을 말할 것이다. 할머니를 둘러싸고 잠시 달콤한 사탕의 맛을 음미하고 있는 가족들은 할머니가 가장 좋아하시던 풍경을 일부러 재현하고 있는 게 아닐까 착각이 들었다. 단지 다른 점은 할머니가 숨을 거두었다는 사실뿐이었다. 할머니의 삶이 죽어서도 그냥 이어진다는 생각이 들었다. 가족들은 그가 영원히 떠나서 슬프고, 또 고달프고 힘들던 지난 세월로 할머니를 보내는 길이 더 후회스럽고, 안타까운 마음이 될 것이다. 가족들을 위로 하려 사람들은 '할머니는 좋은 곳으로 가셨다'든가, '이제는 아픔이 없이 사실 것'이라는 말들을 할 것이다.

할머니 장례식에서 캐나다에 사는 손주 8명이 모두 자신이 그리는 할머니를 짧게 이야기했다. 방과 후에 학교마당에서 손주들을 기다렸다 구멍가게에 데려가 주시던 할머니, 방이 모자라 20살 된 손주와 룸메이트가 되어 지내던 할머니, 무엇보다도 바쁜 엄마 아빠대신 간식을 차려주시던 할머니를 이야기했다. 특별한 이야기도 아닌데 할머니와의 기억을 이야기하는 가족들의 얼굴에선 슬픔의 빛이 사라졌다. 할머니가 돌아가셨어도 그분이 이 땅에서 손주들에게 준 따뜻한 일상의 기억들이 위로의 원천이었다. 한 사람의 긴 삶 속에 끼어있는 달콤한 순간들이 만나고 헤어지는 일을 감당할 수 있게 하는 것 같다. 서울의 친구는 이제 할머니가 된 나에게도 핸드백 안에 들어있는 사탕들은 언제고 손주들과 주위 사람들에게 순간의 천국을 만들어 낼 수 있는 가능성이 있음을 알고 보낸 듯했다.

꽃병을 들고 걷는 엄마

　데이지 꽃이 담겨있는 꽃병을 들고 뜻하지 않게 동네 길을 걷게 되었다. 보통 때는 늘 비어있는 길에 오늘따라 도로 공사를 하는 인부들 몇 명과 우편물을 찾아가던 할아버지 한 분이 의아해 하는 눈길을 준다. 화창한 아침에 일어 난 이 진귀한 풍경은 아들과 며느리가 내 생일이라고 꽃집에다 꽃을 주문하고 배달을 시켰는데, 주소를 잘못 적어 꽃이 다른 집으로 간 것이다. 번지수 89가 39로 와전되어 일어난 일이다. 며칠 후 나는 이웃을 찾아가 내 선물을 찾아오는 길이다.

　여러 종류의 꽃을 섞지 않고 꽃잎이 선명하고 도톰한 데이지 꽃이다. 빨강과 핑크 색 데이지 꽃은 들꽃처럼 병에다 쑥 찔러 넣어져 있어서 다행히 며칠이 지났는데도 아직 싱싱해 보인다. 아직도 예쁜 꽃을 보자 안도의 숨이 나왔다. 당장 꽃을 길가 바위 위에 놓고 인증사진을 찍어 아이들에게 꽃이 무사함을 알린다. 꽃들은 여러 사람을 애타게 해놓고도 아무 죄가 없다는 듯이 청초한 모습으로 얼굴을 들고 있다.

　엄마 생일날 옆에 있지 못해 아쉬운 마음을 실어 꽃을 보냈는데, 며칠째 받았다는 연락이 없어서 아이들은 의아했을 테고, 또 주소를 정확히 쓰지 않아 꽃이 배달되지 않았다는 사실을 알았을 때는 아쉬움과 안타까움이 가득했을 것이다. 아이들은 조심스럽게 혹시 39번지에 가서 꽃이 그곳으로 갔는가 물어봐 줄 수 있는가 부탁하면서 또 미안했을 것이다. 나는 나대로 아이들의 선물이 다른 집으로 갔다는 이야기를 듣는 순간부터 속이 상했다. 서둘러 집을 나서긴 했지만 모르는 이웃을 향해 발을 옮기며 할 말을 준비했다.

　그 집에 도착하여 조심스럽게 문을 두드리니 한 여인이 나왔다. 혹시 이곳으로 배달된 꽃이 없느냐고 말문을 여니 "아, 당신에게로 갈 꽃이었군요." 하며 반가워했다. 그녀는 사연은 알 수 없으나 누군가의 마음이 길에서 없어지는 것 같아 꽃집에 전화를 걸기도 하고, 꽃병을 길에서 잘 보이는 문 앞에 이틀씩 놓아두었다고 했다. 꽃을 볼 때마다 남의 일인데도 애를 태우다 주인이 오니 어깨가 가벼워졌다 했다.

　꽃 몇 송이의 행방을 가지고 여러 사람이 맘을 졸였다. 누군가에게 꽃을 보내는 일은 마음을 전하기 위해서이다. 하고 싶은 말을 대신해서 아이들이 한 수고가 헛되이 될까 봐 나는 물론

이웃까지도 안타까워했다. 작은 선물이지만 담을 수 있는 마음
은 그 크기가 상상을 초월하기 때문이다.

　이웃에 한 가족이 이사를 왔다. 아이가 다섯이나 되는 그 가
족은 시리아에서 이주해 온 난민 가족이라 했다. 캐나다로 영구
이주할 수 있다는 소식을 접했을 때는 기쁨으로 뛰었겠지만 막
상 이 생소한 땅에서 시작하는 삶은 쉽지 않았을 것이다. 이웃
들은 그 집 앞을 지날 때마다 뭔가 신경이 쓰였다. 아직 말도
잘 통하지 않는데 아이들은 다 나이에 맞는 학교에 입학은 시켰
는지, 차도 없는데 어디 가서 식품은 살 수 있는지, 누군가 식구
중에 직장은 찾았는지 등 궁금하고 마음이 쓰였다. 사람들은
오고 가며 문 앞에 조그만 보따리를 놓곤 했다. 갓 구운 머핀,
아이들 장갑이나 옷가지들, 혹은 동네 연주장 입장권 등 하찮은
물건들이지만 이웃들은 무언가 마음을 전하고 싶은 듯했다.

　가까운 가족이건 우연히 이웃에 살게 된 사람이건 우리가 그
들의 삶에 관여하여 큰 도움이 되거나 무엇을 바꾸어 놓을 수
있는 일은 흔치 않다. 마음속에는 해주고 싶은 조언, 따뜻한 격
려의 말들이 가득하지만, 모두 큰 힘이 없다는 것을 알아 이렇
게나마 마음을 표현해 본다.

　이 땅에 도착한 시리안 가족은 커다란 겨울 코트 속에 얼굴을
파묻고 다녔는데 이제는 길에서 마주치는 사람들에게 미소도

짓고 자신들이 살아가는 이야기도 나누곤 한다. 문 앞에 놓였던 한 꾸러미의 작은 선물 속에 얹혀있던 마음을 그들은 헤아려 알고 답하는 것이다. 작은 마음의 표현만으로 그들의 삶에 물질적으로 큰 도움이 되는 일은 없지만 이곳에서 사람들과 소통하는 첫 걸음은 되리라 생각한다.

꽃병 속에 채워진 물이 쏟아질까 봐 조심스러워 걸음을 빨리 하지 못하는 나를 거리의 사람들은 따뜻한 얼굴로 바라본다.

성인식(Debut)

캐나다에 살면서 다른 만족들의 삶을 통해 새로운 경험을 하게 된다. 필리핀에서 온 지인들이 중요하게 생각하는 행사가 있다. 필리핀은 400년 이상을 스페인 식민지였던 역사를 가지고 있고, 지금도 삶의 모습 중에 옛 스페인의 풍습이 많이 보인다. 그 중의 하나가 딸이 18살이 되면 데뷔(Debut)라는 이름으로 치르는 성인식이다. 성인식은 옛 유럽의 상류사회에서 나이가 찬 딸을 자신들과 걸맞은 사교 그룹에 소개하는 의식이었다. 아직도 유럽에서 그런 성인식이 거행되고 있는지 알 수 없으나, 나는 필리핀 가정의 데뷔에 초청을 받을 때마다 놀람을 금치 못한다.

고급 연회장에서 백 명이 넘는 손님을 초청하여 비싼 저녁을 대접하고, 생일을 맞는 아가씨는 화려한 드레스를 몇 번씩 갈아입고, 밤이 깊도록 춤을 추며 파티를 한다. 축하연 도중에 젊은 남성 18명이 장미를 한 송이씩 들고 들어와 성인이 되는 아가씨에게 바치고, 또 18명의 여자 친구들이 촛불을 하나씩 건네주며 덕담을 전하는 순서가 있어 연회장은 한껏 멋을 낸 젊은이들과, 꽃들이 가득하다. 나는 그 풍성한 잔치를 즐기면서도, 또 한편으론 염려스러운 마음을 가지고 지켜보는 자신을 발견하곤 한다.

공교롭게도 아이들이 18살 성인이 되는 해는 학생들이 고등학교를 졸업하고 대학을 가는 나이이기도 하다. 살림하는 엄마의 마음에는, 이제 곧 아이를 대학에 보내려면 학비는 물론이고 생활비까지 경제적으로 가장 부담이 많이 되는 시기인데 왜 이렇게 과소비를 하는지 안타까운 마음 때문이다.

지난주는 스테파니가 18살이 되어 역시 또 성대한 성인식이 열렸다. 그녀를 사랑하는 많은 사람들이 캐나다는 물론이고, 미국, 필리핀 등 먼 곳에서도 참석하였다. 식사가 끝난 후 엄마, 아빠가 마이크 앞으로 나와, 예쁘게 꾸며 너무나 사랑스런 딸을 바라보면서 오신 손님들에게 인사를 시작했다. 첫 번째로 우리 옆에 앉은 아주머니를 일어나 달라고 부탁했다. 스테파니가 아기였을 때 항공사 승무원으로 일하면서 집을 많이 비워야 했던 엄마를 대신해 스테파니를 돌보아 주시던 분이었다고 한다. 그분은 후에 고향인 자메이카로 돌아갔는데 이번에 스테파니의 엄마가 이 행사에 그분을 다시 초청하여 감사의 말을 전하고 있다. 이어서 엄마는 다음 테이블의 손님들을 소개했다. 그 테이블에는 스테파니의 선생님들이 앉아있었다. 엄마는 오늘 참석한 선생님들이 구체적으로 스테파니의 성장에 얼마나 긍정적인 영향을 주었는가 설명했다. 이미 오래 전에 헤어진 선생님들을 수소문해 이 자리에 초청한 것이다. 그 다음 테이블에는 스테파니의 학교 친구들이 모여 있다. 엄마는 그 누구보다도 십대의 딸에게 좋은 친구가 되어준 그들에게 가장 감사한다고 했다. 연회장 가득 찬 테이블을 돌아가며 많은 사람들을 가리키면서 그들이 스테파니의 삶에 얼마나 감사한 사람들이었는지 이야기했다. 마지막으로 아빠도 딸에게 오늘처럼 항상 감사하며 살라는 말을 하면서 공식적인 순서를 마쳤다.

　이런 자리에서 많이 들을 수 있는 말은 그 동안 건강히 성장하고, 부모에게 많은 기쁨을 주어 자랑스럽게 생각한다는 말이다. 헌데 오늘 스테파니의 부모는 딸아이가 아기 때부터 만나온 수많은 사람들이 다 그녀에게 무언가 감사한 일을 베풀어주었음을 일깨워주고 있다. 그 감사한 마음을 전하기 위하여 그들은 자메이카에 사는 옛 도우미 아줌마까지 모셔오는 열성을 보였다.

　데뷔는 옛날에는 장성한 딸을 이성들에게 소개하는 행사였는지 모르지만, 지금은 딸이 대학생이나 직장인이 되어서 독립된

성인으로 살아갈 나이가 된 것을 가족이 같이 인정하는 시간이라고 생각된다. 스테파니의 부모들은 아이에게 들어갈 학비 걱정보다는, 딸이 집을 떠나 새로운 친구들과 기숙사 방을 공유하거나, 자유로운 대학생활에서 만나는 사람들과의 생활을 어떤 모습으로 엮어 가려는지 더 염려했을 것이다. 성인이 되는 딸에게 삶 속에서 가장 값진 한 가지를 생각하고 경험할 수 있는 기회를 주고자 그날의 행사를 마련한 듯했다. 스테파니가 이제부터 만날 많은 인연을 통해서 받을 사랑과 호의를 가벼이 여기지 말고, 감사한 축복으로 알고 살아가기를 바랐을 것이다. 그리고 성인식을 통해 자신들이 먼저 그 시범을 보였다. 전통적인 행사를 시대에 맞게 해석한 현명한 부모들이다.

같이 하는 성장

은퇴하면서 받은 선물은 시간이다. 마음에 두고 벼르던 일들을 할 수 있게 되었다. 캐나다 이곳저곳을 옮겨 다니며 살았으니, 여러 곳에 보고 싶은 사람들이 있다. 지나간 내 삶의 발자국들은 내가 기억하는 추억 속에 숨어 있지만, 떨어져 살다 만나는 사람들의 변한 모습에서도 찾아진다.

20년 전에 몸담아 살던 마을을 방문할 기회가 생겼다. 아이들이 십대가 될 때까지 살았으니, 그들의 성장에도 밑거름이 된 고향과 같은 곳이다. 죠지안베이 호반에 위치하고 있는 마을 중심에 작은 초등학교가 있다. 마을 사람들은 각 학생이 어느 집에 사는지, 그들의 부모와 조부모가 누구인지, 하물며 방과 후에 어느 아이가 부모가 없는 빈집으로 돌아가는 지까지 알고 있다. 아이들을 키우며 마을 사람들과 가족같이 지냈으니 예전에 우리 집을 드나들던 아이들 친구들의 근황도 궁금했다.

앤드루(Andrew)와 폴(Paul)은 바로 옆집에 살았고, 우리 아이들과 매일 서로의 집을 오가며 컸다. 두 아이가 모두 학교 공부에 어려움을 겪고 있었다. 원인을 찾기 위해 교육청에서 나온 전문가들이 여러 가지 능력 검사도 하고, 학교에서는 특수 교육 선생님께 따로 지도를 받기도 했다. 내 관심을 끌었던 일은 그들의 부모들이 자식들이 가진 어려움을 크게 근심거리로 생각지 않는 듯한 태도였다. 과외로 학습을 시킨다든가, 공부 얘기를 하는 모습을 본 적이 없었다.

아이들의 아빠는 쇠를 깎아 새 상품의 모형을 만드는 공장에서 일을 하였고, 엄마는 근처의 온실에서 모종을 키우는 일을 했다. 생활을 위한 직장 일 외에도 그 부부는 경비행기를 만드는 취미를 갖고 있었다. 늘 차고에는 비행기 부품들이 쌓여있었고, 틈이 날 때마다 온 식구가 부품을 나르고, 용접하고, 조립하는 일로 바빴다. 우리 집에서는 어른들과 아이들이 하는 일이 구분되어 있고, 당연히 각자 시간을 보내는 공간도 나누어져 있었다. 헌데, 이웃집 식구들은 늘 작업장이나 마당에서 같이 시간을 보냈다. 비행기를 만들 때도, 수영장 자리를 팔 때도 온 식구가 다 일꾼이었다. 엄마 아빠는 아이들에게 늘 엄격하게 일에 필요한 규칙도 지키게 했다. 못 질을 할 때는 안전 안경을 써야 하고, 아빠가 용접할 때는 그어 놓은 줄 안에 들어서면 안 된다는 등의 규칙을 몸에 익힐 때까지 타이르곤 했다.

오랜만에 옛 이웃을 찾은 나는 앤드루와 폴의 소식부터 물었다. 이제 초로의 나이로 접어든 부부는 앞을 다투어 가족들의 소식을 전했다. 큰아들은 벽돌을 쌓는 기술자이고, 세 아이의 아빠란다. 작은아들은 조금 떨어진 도시에서 시멘트 트럭을 운전하며 살고 있다고 했다. 이제는 손주들도 생겨서 온 식구가 가끔씩 배를 타고 캠핑을 한다며, 두 아들과 아버지가 몇 년에 걸쳐 요트를 만들었던 이야기를 모험담처럼 했다. 풍성하고 성실하고, 평온한 삶의 모습이 찻잔 주위로 퍼졌다. 가족사진 속에서 환한 미소를 띠고 있는 여섯 척의 젊은이들이 사는 이야기를 들으며 기쁘고 뿌듯했지만, 의외라는 생각은 들지 않았다. 하는 일 모두가 그들이 어릴 때부터 몸에 익혀 온 생활이기 때문이었다.

내가 언어치료사로 일하며 지켜야 했던 의무 중의 하나가, 학생들의 치료목표를 정하고 매주 그 목표에 얼마만큼 도달했는지 퍼센트(%)로 기록하는 일이었다. 교육에는 그렇게 꼭 알아야 하고, 어느 정도 배웠는지 측정해가며 가르치는 것들이 있다. 학교의 주 임무이다. 언젠가 이웃의 아빠는 나에게 자신의 형은 학위가 몇 개씩 있지만, 자신이 형을 도와주는 일이 훨씬 더 많다고 우스갯소리를 한 적이 있다. 추측건대 앤드루와 폴의 부모들은 아들들의 학교생활을 지켜보면서 옛날 자신들의 모습을 기억했을지도 모른다. 일찍이 아들들의 성장 성향을 이해했고 자신들이 아는 방법으로 키웠으리라.

자식들을 향한 부모의 사랑이야 다 무한하지만, 자식에 합당한 부모가 되는 일은 자연스럽게 이루어지는 일은 아닐 것이다. 아이들을 관찰하고, 이해하고, 많은 것을 포기도 하고, 아이들이 택한 길을 효과적으로 갈 수 있게 인도해야 하는 과정 등이 연결되어 일어나는 긴 여정이다. 옆집 식구들은 그 여정의 첫 단계를 아이들과 같이 시간을 많이 보내는 일로 시작했다. 어린 이들을 즐겁게 해주는 시간이 아니고, 본인들도 처음 해 보는 여러 가지 프로젝트에 아이들도 한 부분을 감당케 했다. 아이들과 신뢰하는 동료처럼 일상을 같이 보냈다. 학교에서는 어려움도 있었지만, 집에서는 온갖 일에 꼬마 기술자 노릇을 시켰다. 돌이켜 생각하니 내가 마당 건너에서 지켜보던 그 부산했던 작업장은 앤드루와 폴을 다방면에 유용한 생활인으로 키우기 위한 교실이었다.

특별히 교육방침을 세운 것도 아니고, 자신들이 아는 생활 속에서, 익숙한 방법으로 자식들에게 부은 사랑의 표현이었을 것이다. 아이들은 여러 사람의 염려를 제치고 자신 있고 안정된 생활을 하는 성인이 되었다. 온 가족이 같이한 성장이다.

아이들을 키우던 시간은 답은 없고 열정만 있었다. 서로 방법의 차이는 있었지만 우리는 그 귀한 시간을 같이 한 동료였다. 각자 자신이 아는 대로 혼을 쏟아 부었던 모습을 회상하는 방문을 끝내고 발길을 돌렸다.

홍성철

- 나에게 묻는다
- 너의 이름, 물푸레
- 보이지 않아도, 들리지 않아도
- 소크라테스와 함께 커피를

stmhsc@hotmail.com

모든 위대한 작품을 마주할 때 일어나는 전율은 먼 바다에서 일어
난 파도가 가슴으로 밀려와 부딪치는 느낌이다. 소리의 공명을 보
여주는 소리굽쇠 실험처럼, 예술과 깨달음이 전달하는 파장이 내게
로 와 진동한다. 그 느낌은 오감의 영역을 넘어서고 의식의 단계도
초월하는 공명이다.

－본문 중에서

나에게 묻는다

여행은, 한걸음 떨어져 내가 사는 곳을 바라보는 일이다. 살며 피워 낸 먼지를 털듯 번잡함을 털어내고 여행 온 곳이 어떻게 다른 지 가늠하다 보면 내 모습을 돌아보게 된다. 타지 사람들의 일상을 가까이 볼수록 무심히 지나치던 나의 생활상이 투영된다.

몇 해 전 캐리비안 휴가를 다녀왔다. 먹을 것 마실 것을 무한정 채워주고, 해변 파라솔 아래에서 주문한 칵테일을 마시는 귀족놀이 같은 일정이었다. 평소의 나에게는 사치스러운 일인데, 속물스럽게도 익숙해지는 건 참 쉬웠다. 머물던 리조트에서 해변을 따라 한동안 걸어가니 항구가 나왔고 신작로가 현지 시장 통으로 이어졌다. 그 거리를 지나면서 경치와 서비스를 즐기던 관광은 삶을 보고 느끼는 여행으로 바뀌었다. 길게 늘어선 작은 가게들, 시장 상인들이 건네는 인사말, '올라, 헬로우, 니하오….' 그리고 빠르게 돌아가는 눈빛이 남대문시장 모습을 떠올리게 했다. 스페인어를 못하는 여행자에게 비싼 가격을 부르던 것과 절반으로 깎아 달라던 내 모습도 그랬다. 휴가를 마치고 일상으로 돌아오니, 아름다운 해변과 피라미드, 신기한 지하 동굴 등 기억에 남는 장면이 많기도 했지만 붙임성 있게 대해주던 상인, 엄마를 따라 나와 노점에서 물건을 지키던 소녀, 흥겹게 성가를 부르며 미사에 참여하던 사람들 모습이 더 오래 잔상을 남겼다. 다른 곳을 여행할 때도 내 느낌은 그랬다. 그들이 사는 모습과 내가 사는 모습은 다른 듯 닮았고 그 차이와 유사성을 짚어가다 보면 어느새 평소에 인지하지 못했던 나의 모습을 보게 된다. 여행지에서 엿본 그들의 일상이 내 실상을 반추(反芻)시킨다.

　나 자신을 있는 그대로 바라보는 것이 쉽지 않을 때가 많다. 마음을 어둡게 하는 문제가 있을 때 무의식적으로 문제를 회피한 적도 많았다. 직시하지 않으면서 이런저런 문제가 한꺼번에 생겨 그렇다고 치부했던 것들이 실제로는 오직 하나의 문제였다는 것을 나중에야 알게 되곤 했다. 일이 벌어지고 문제가 진행되는 동안 분주하게 휩쓸리는데 모든 것이 끝나고 나서 분석하고 정리하는 것을 일컬어 어느 철학자는 '미네르바의 올빼미는 황혼녘이 되어야 날개를 편다.' 라고 했다. 나 자신에 대한 지혜도 그렇게 원님 지나가고 나팔 부는 식으로 찾아온다.

신문 과학코너에서 빙하의 이동에 대한 기사를 읽은 적이 있다. 부서진 빙하들이 일제히 한 방향으로 흘러가는데 그중에 어느 큰 빙하가 다른 방향으로 이동하는 것을 관찰한 내용이었다. 그 이상한 현상에 대해 과학자들이 발견한 새로운 사실을 다루고 있었다. 해수면에 일어나는 파도와 작은 빙하의 이동은 바람의 영향으로 방향이 결정되고, 큰 빙하는 수면 아래로 체적이 깊게 내려가 있어서 바람을 거슬러 저 아래 물살의 흐름에 끌려간다는 것이다. 신문을 덮고 나서 한동안 마음이 서늘했다. 내가 의식하고 선택하는 것들은 바람처럼 귀가 얇고 생각이 가벼운 것들이고, 인식하지도 못한 채 나를 이끌어 가는 해류 같은 본능 혹은 잠재의식 같은 것이 버젓이 있는데, 정작 그것을 모른다고 일러주는 듯했다.

과학자들의 탐구처럼 수면 아래를 볼 수 있으면 좋겠다. 나를 이끌고 가는 물살이 어디로 흐르는 지 궁금한데, 그런 나에게 여행이 조금씩 힌트를 준다. 천체를 연구한 과학자 칼 세이건은 그의 저서 코스모스에서 먼 우주를 들여다볼수록 지구를 더 이해하게 된다고 했다. 내가 우주를 넘나들 수는 없지만, 지구별 안에서의 여행으로도 나를 객관적으로 볼 수 있게 한다. 본의 아니게 자주 여행을 해야 했던 중국의 사상가 공자도 논어에서 '세 사람이 길을 가면 그중에 반드시 내 스승이 있다.'고 하였다. 고인 물처럼 일상의 관성에 편승하지 말고 깨어나라는 주문으로 읽힌다.

내가 보는 것, 아는 것은 수면 위를 떠가는 나뭇잎의 흐름인데, 정작 나를 끌고 가는 것은 보이지 않는 수면 아래 그 무엇이다. 나의 생각과 판단, 느낌은 의식하고 통제하는 세계의 것인데, 결정적으로 나에게 영향을 주고 움직이게 하는 것은 의식하지 못한 채 나를 지배하는 본질, 무의식 혹은 욕구 같은 것이 아닐까? 정확히 그것을 무어라 표현해야 할 지 모르겠다. 해류 같은 그 무엇이 있다고는 느껴지는데 어렴풋하다. 수도에 용맹 정진 하는 선승의 구도 대상이 바로 수면 아래 있는 그 거대한 것 아닐까? 아니 그것을 확인하고 내려놓으려 하는 것인가? 내가 감히 깨달음에 도전하지는 못해도 흠모할 수는 있는 것이겠지. 산다는 것은 나를 찾아 나서는 끊임없는 여행일 것이다. 길에서 마주하는 나에게 묻는다. 물결은 바람 따라 이는데 그 아래 물살은 어디로 흐르는가?

너의 이름, 물푸레

　주말마다 산을 찾은 것이 숲을 가까이 보는 계기가 되었다. 운동에 담쌓고 지내다가 시작한 산행이라서 처음에는 힘이 들었다. 두어 달은 경치 구경도 못 하고 애써 걷기만 했는데, 차츰 적응하면서 주변을 감상할 수 있었다. 해를 거듭하면서, 도시에서만 살아온 나는 처음으로 숲을 관찰할 수 있었다. 북미 동부에 오월이 오면 단풍나무 가지에서 팝콘처럼 꽃이 터져 나오는데, 새순도 나기 전에 연초록 꽃다발이 신록 행세를 했다. 비 온 다음 날에는 없던 버섯이 하루아침에 솟아 고목을 덮기도 했다. 어느 단풍철에는, 아침에 본 나뭇잎이 돌아오는 길에 더 진하게 물든 것을 보았다. 자연의 아름다움은 머물지 않는 흐름에 있는 것 같다. 경이로운 변화를 감상할 수 있기에 숲길을 걷는 일이 황홀하기만 하다.

　즐겨 찾는 산길에 붙잡기 좋게 서 있는 나무가 있었다. 내리막에서 저절로 붙는 가속도를 진정시키기에 맞춤했다. 잡은 자리가 반들반들 매끄러운 걸로 보아 나처럼 붙드는 이가 많았나 보다. 만날 때마다 손잡아주는 나무, 나는 그 이름을 몰랐다. 꽃을 노래한 시인은 이름을 불러 비로소 꽃이 되고 의미가 되었다 하던데, 나도 이름을 불러 친근하게 대하고 싶어졌다. 침엽수와 활엽수 정도를 구분하던 나는 나무 이름을 찾아보았다.

북미 식물도감에서 찾은 그 나무 이름은 에쉬 트리(Ash tree)였다. 이제 숙제가 하나 더 생겼다. 영어로 된 나무 이름이 한글로 무엇인지 알아보는 것이다. 인터넷에 자료가 많아 확인이 쉬웠는데, 에쉬 트리는 우리말로 물푸레나무다. 오래전 가구 광고에 많이 나와 귀에 익은 이름이다. 목수인 나는 에쉬를 자르고 못 박는 목재로만 다뤘는데, 잎사귀를 매달고 서 있는 나무로는 처음 만났다. 아니 예전에도 보았겠지만 분별해서 알아보는 것이 처음이었다. 나무 이름을 영어와 우리말로 검색하면서 새롭게 알게 된 사실은, 물푸레나무처럼, 북미의 나무 중에 한국에도 흔한 것이 꽤 많다는 것이다. 참나무, 가문비나무, 사시나무, 자작나무, 뽕나무, 개오동 등 여러 토착 나무가 서로 겹치는 걸 보니 이들의 세계는 사람보다 훨씬 이전에 세계화된 듯하다.

산의 주인을 꼽으라 하면 두말할 것 없이 나무라고 하겠다. 나무는 숲을 이루어 생명을 품어주고, 산을 산답게 만든다. 이런 생각을 하게 된 것은 온타리오 주의 알곤퀸 주립공원 박물관에서, 그곳의 역사를 읽고 나서다. 1800년대 알곤퀸은 지금보다 훨씬 울창하고 거대한 나무들이 가득 찬 숲이었다고 한다. 당시에 목재가 큰돈이 되는 일이어서 벌목업이 번창했다. 알곤퀸에서 베어낸 나무가 워낙 많아, 그 산중까지 철도를 놓아 목재를 실어 날랐다. 무분별한 남벌은 마침내 알곤퀸 전체를 벌거숭이로 만들어 버렸는데, 그것은 불과 70여 년 전의 벌어진 일이었다.

들짐승 날짐승도 사라진 우울한 들녘에 제일 먼저 자란 것은 블랙 스프러스(Black Spruce)라고 한다. 자잘해서 목재로도 못 쓰고 주로 나무젓가락을 만드는 그 나무가 척박한 습지에서 생명의 숨결을 불어 넣는 개척자 역할을 했던 것이다. 풀 한 포기, 나뭇잎 하나 귀하지 않은 것이 없다. 블랙 스프러스 군락이 쓰러져 자양분이 되어준 덕분에 다른 나무들이 조금씩 자리를 잡았고, 새와 짐승도 돌아와 차츰 숲을 되살렸다고 한다. 그 후에 주 정부는 스스로 생태계를 복원한 알곤퀸을 공원으로 지정하여 절대 녹지로 보존하고 있다. 자연훼손에 대한 각성이다. 숲을 가로지르던 벌목 철로는 아물어 가는 상처처럼 수풀이 덮어주고 있다. 벌목의 여파로 이전 같은 거목이 많지는 않지만, 이제 알곤퀸은 가을마다 단풍 장관을 선사하는 아름다운 산림이 되었다. 스스로 균형점을 찾아가는 자연이 대단하다. 그 변화를 담아내는 시간은 참 위대하다.

다시 만난 나무에게, 물푸레 그 예쁜 이름을 불러주었다. 특이한 그 이름에는 재미있는 유례가 있다. 가지와 잎을 잘라 물에 담가두면 푸르게 된다고 해서 물푸레라 부른다는 것이다. 염료로도 사용되었다는 물푸레가 내 마음마저 푸르게 물들인다. 사람에게 각자의 인격이 있다면 나무에도 개별적 실존이 있을 것이다. 언제라도 내게 악수를 청하는 그 나무, 만나는 것이 반갑다.

보이지 않아도, 들리지 않아도

중고생 시절, 라디오 음악방송은 정다운 친구였다. 음악을 듣다가 좋아하는 곡이 나오면 얼른 버튼을 눌러 카세트테이프에 녹음하곤 했는데, 방송 진행자의 멘트도 살짝 들어간 음악 테이프 만들기가 그 당시 나의 큰 재미였다. 내가 녹음했던 것 위에 동생이 다시 녹음해서 지워지기도 했는데, 그 때문에 서로 티격태격했던 일이 떠올라 절로 웃음이 난다. 정말 좋아하는 곡은 LP판을 사서 들었는데, 주로 복사판을 샀다. 소위 빽판이라 불리던 해적 음반은 잡음이 끼어 있지만, 주머니 사정이 넉넉하지 않던 학창 시절이라 저렴한 가격의 유혹을 뿌리치기 힘들었다. 복사판으로 듣던 애청곡을 떠올리니 지글거리던 소음마저 정겹게 다가온다.

90년 전후로 음악 CD가 유통되면서, 음질이 많이 좋아졌다. 섬세하게 들리는 디지털 사운드는 HD TV에서 사람을 클로즈업할 때 얼굴의 모공까지 보이는 것처럼, 악기의 소리가 세세하게 다 들렸다. LP와 카세트테이프의 추억도 좋았지만, CD의 고음질은 감상자의 귀를 사로잡았다. 기술의 변천이 계속 이루어져, 이제는 MP3 컴퓨터 파일이 음악을 듣는 주요 경로가 되었다. 덕분에 원하는 곡을 언제든 찾아 듣는 편리함을 누리고 있다. 그런데 오래 듣다 보면 무언가 밋밋하다는 느낌이 든다. 신문에 실린 테크놀로지 칼럼을 보니, MP3 파일이 데이터 용량을 획기적으로 줄일 수 있었던 원리는 아주 낮은 소리와 아주 높은 소리를 모두 지우고 다시 압축한 결과라고 한다. 한 장의 CD에는 10여 곡을 담을 수 있는데, MP3는 같은 용량에 100여 곡을 담을 수 있다. 음질이 밋밋한 이유를 이해할 수 있다. 나의 청각이 가청 주파수 이하의 저음과 그 이상의 고음을 들을 수는 없지만, 느끼기는 하는가 보다. 들을 수 있는 영역 바깥의 소리도 음악 감상에 영향을 주는 것 같다.

미각에서도 비슷한 것을 찾을 수 있다. 사람이 구분하는 맛은 단맛, 짠맛, 신맛, 쓴맛 이렇게 4가지다. 매운 것은 맛이 아니라 통각이라 하니, 이 4가지 맛으로 음식을 즐기는 것이다. 그런데 음식 저널에 따르면 제5, 그리고 제6의 맛이 있다는데, 감칠맛과 깊은 맛이 그것이라 한다. 혹은 이 두 가지가 같은 맛이라고도 한다. 어쨌든 사람이 혀로 식별하는 4가지 맛 외에 미각을 끄는 다른 영역의 맛이 있다는 것이다. 서구인들의 음식 문화에는 감칠맛과 깊은 맛이 들어 있는 요리가 드물어 그것을 느끼는 감각이 거의 퇴화했다는 설명이 인상적이다. 소리에 있어, 갓 태어난 어린아이는 가청 주파수대를 넘어서는 저음이나 고음에 반응하지만 자라면서 그 능력이 곧 사라진다고 한다. 인류가 선사시대처럼 수렵 채집에 의존하는 삶을 계속 살았다면 간직했을지 모를 기능들이 이제는 멸종된 종자처럼 되돌리기 어렵게 되었다. 그러나 미각과 청각이 인지하지는 못해도, 느낌은 존재를 짐작하게 한다.

수준 있는 예술작품을 접할 때 마음 안에서 떨림이 생긴다. 내 경우에는 고흐의 그림을 마주할 때 느낀 흥분이 가장 강렬하다. 음악과 문학 그리고 모든 위대한 작품을 마주할 때 일어나는 전율은 먼 바다에서 일어난 파도가 가슴으로 밀려와 부딪치는 느낌이다. 소리의 공명을 보여주는 소리굽쇠 실험처럼, 예술과 깨달음이 전달하는 파장이 내게로 와 진동한다. 그 느낌은 오감의 영역을 넘어서고 의식의 단계도 초월하는 공명이다. 아무리 위대한 예술품이라도 그 진동이 내 안에서 마주 울리기 위해서는 나의 소리굽쇠가 있어야 한다. 그것은 어린 시절 잃어버린 청력처럼, 혀로 구분되지 않는 감칠맛처럼, 떨어지고 잊혀진 씨앗으로 내 안 어느 구석에 들어있으리라.

아기 새는 작은 부리로 껍질이 깨질 때까지 두드려야 알에서 나올 수 있다. 내 안에 희미한 흔적으로 머무는 소리굽쇠를 찾아 들고 갇혀진 껍질에 균열을 만들어야 한다. 그렇게 깨고 나와야 할 껍질은 무엇인가? 그것은 완고하게 굳어있는 나 자신이다. 나를 두르고 있는 기성의 고정관념은 그저 작별의 대상이 아니다. 깨고 나와야 할 껍질이다. 달걀은 밖에서 깨면 음식이지만, 안에서 깨면 생명이라고 한다.

오감의 경계 너머에 있는 것이 무엇인지 나는 아직 모른다. 그것이 진리인지 도리인지 아니면 신인지 모르겠다. 그러나 그 대상이 있다는 것을 어렴풋이 느낀다. 보이지 않아도, 들리지 않아도, 빛과 소리의 파장 너머에서 꿈틀대는 그 역동적인 기운은 울림으로 다가와 내 앞에 선다.

소크라테스와 함께 커피를

비행기 환승을 위해 어느 공항에서 기다릴 때였다. 커피를 사려고 둘러보다 긴 머리 여자 그림이 있는 간판을 찾았다. 스타벅스였다. 주문 받는 이에게 스몰 커피를 달라고 하니, '톨'을 달라는 거냐고 묻는다. 그게 스몰 사이즈냐 물으니, 그렇다 하기에 스몰 커피를 달라고 했다. 그 가게에서 부르는 컵 용량이 이탈리아 말인 것은 나중에 알았다. 스타벅스 이용하는 첫 경험은 그렇게 길들이려는 점원과 길들고 싶어 하지 않는 나의 대치 국면이었다.

커피가게에서 사이즈 명칭을 자기 식으로 부르는 것이 다른 지역의 방언처럼 들렸다. 지방을 여행할 때 만나는 이채로움 중 하나가 그곳의 방언을 듣는 것인데, 정감 느껴지는 표현과 특이한 억양에 끌려 한 번쯤 따라 해 보기도 하지만, 잘 모르는 방언을 즐겨 사용하지는 못한다. 점원에게는 어색할지 모르지만, 내 상식대로 작은 컵은 그냥 작은 컵이다. 때때로 스타벅스

를 이용하지만 사이즈에 따른 컵 이름을 어떻게 부르는지 아직
다 모른다.

영국 작가 알랭 드 보통은 그의 저서 ≪불안≫에서 '현대인은
예전보다 더 풍요로운 삶을 누리면서도 더 불안하다'고 지적한
다. 그는 '내가 나를 보는 것이 아니라 미디어 등의 영향으로
사회에 맞추기 때문에 불안하다'고 해석한다. 나 역시 유행을
따라가고 주위 사람들을 보며 대충 중간에 맞춰가는 것이 사실
이다. 옷이나 가방 같은 것을 고를 때도 나의 개성과 다른 사람
들이 즐겨 하는 것을 놓고 줄다리기 한다.

이것을 '자기 동일시'라고 표현한 사람이 있다. 인도 철학자
크리스타무르티는 〈자기로부터의 혁명〉에서 '나의 것'을 '나'로
받아들이는 모습을 일컬어 자기 동일시라고 설명하였다. '진리
는 당신에게 있다'고 하면서 '나의 것'을 '나'로 간주하지 말라고
조언한다. 유명인과 함께 사진을 찍어 자랑스럽게 보여주는 것
그리고 좋은 옷을 차려 입고 우쭐해지는 것들이 일종의 자기
동일시라고 한다. 나는 다 읽지도 않은 책, 심지어는 제목만 아
는 책을 갖고 아는 체 해대기 일쑤다. 지금 열거한 책도 읽기는
했지만, 정말 다 아는 것인지 모르겠다. 또 사람들이 근사하게
봐주길 바라는 속마음이 얼마나 큰지, 인터넷에 글이라도 하나
올리면 댓글이 얼마나 달리나 보고 또 본다. 나 역시 '나의 것'을

걷어내고 '나'를 들여다보는 처방이 필요하다.

　동서양을 막론하고 깨달은 분들의 가르침에 다 내려놓고 있는 그대로 바라보라는 내용이 자주 등장한다. 사상과 심리학 그리고 불경과 성경에서도 언급된다. 그렇게 하는 것이 쉽지 않다는 방증이기도 할 것이다. 그러나 이것을 실천하는 사람도 있다. 소크라테스의 일화를 보면, 장터에서 욕을 당하는 소크라테스를 보고, 지나가던 행인이 그에게 물었다고 한다.

　"그렇게 욕을 듣고도 괜찮습니까?"

　그러자 소크라테스는 이렇게 대답했다고 한다.

　"안 괜찮으면? 당나귀가 나를 걷어찼다고 화를 내야 옳겠소?"

　무언가를 행하는 것에는 두 가지가 있다고 하는데, 하나는 외부의 작용에 대한 '반응'이고, 다른 하나는 스스로 선택하는 '행동'이다. 앞에서 소크라테스의 경우는 분별 기준을 상대에게 두지 않고 자기 자신에게 두었기에 반응한 것이 아니라 행동한 것이다. 즉, 소크라테스의 기준은 바로 소크라테스 자신이었던 것이다. 알랭 드 보통이 지적한 불안은 대부분의 사람이 업보처럼 안고 있지만, 그것을 벗어나는 발판은 바로 내 안에 있는 것이라 하겠다.

　다시 커피숍으로 돌아와 앉아보자. 나는 맛있는 커피를 좋아

한다. 별 모자를 쓴 그녀가 있는 커피가게는 진한 맛이 좋다. '톨'이나 '그란데'라는 컵 이름은 내 알 바 아니지만, 나는 동전 몇 개를 주고 커피를 사서 즐긴다. 조금 고급화된 그러나 획일적인 커피 맛에 길드는 나를 보며 다시 생각이 꿈틀거린다.

"내가 커피콩을 직접 볶아 볼까?"

정 창 규

- 나는 행복하지 않다
- 자동차 여행
- 프랑스어 공부하기
- 부부 글쓰기

kjs1664@gmail.com

위도를 따라 남으로 운전하면 겨울, 봄, 여름 계절의 변화가 펼쳐지는데 이틀 만에 세 계절을 느끼며 내려가는 것이 자동차 여행의 희열이다… 난 그곳을 지날 때 그 광활함에 벅찼고 그곳을 운전하고 지나간다는 감격에 눈시울을 적셨다.

―본문 중에서

나는 행복하지 않다

불행한 적이 있었다. 20년 전 캐나다에 이민 왔을 때였다. 이민이 무엇인지 모르니까 올 수 있었지 알았다면 그런 무모한 짓은 하지 않았을 것이다. 남들도 가서 사는데 나도 살 수 있지 않겠나, 라는 추측은 추측일 뿐이었다. 고등학생 때는 영어책을 달달 외웠건만 토론토 현지인들은 그런 영어를 아무도 쓰지 않았다. 그들의 말은 내가 배운 것과 전혀 달랐다. 언어는 사람 간의 통로인데 그것이 막히니 세상 모든 것이 나와 등을 돌리고 앉아있는 꼴이 되었다. 나만 그런 것이 아니고 아내도 그랬고 자식도 그랬을 것이다. 그전까지는 견고한 가족을 이루었다고 자부했는데 이민은 그 뿌리를 흔들었다. 가족도 부서질 수 있고, 나도 깨질 수 있는 상황이었다. 이런 상태와 심적 불안이 곧 불행이었다. 그런 현실을 벗어날 수 없을 것 같았다. 이 상황을 직시하는 것은 최악이었다.

살다 보면 불행했다는 시기가 있다. 그 시기는 있을 수 있는 과거에 불과하다고 느끼는 것이 보통이다. 그런 일은 얼마든지 있을 수 있으며 누구나 느끼는 것이라고 이야기한다. 나는 그 불행에서 스스로 벗어난 것이 아니고 짧지 않은 시간이 지나서야 풀렸다. 운도 있었다. 스스로 노력으로 벗어난 것이 아니었다. 온전히 세월의 덕이었다.

그런 시기가 지나자 나의 노력에 상관없이 서서히 안정이 찾아왔다. 어느덧 일상적인 소통의 영어는 할 수 있게 되고 더 많은 시간이 흐르면서 모든 생활은 한국에서와 마찬가지로 정상이 되었다.

그 후, 한국을 방문했을 때 일이다. 지인의 친구가 나를 좀 봤으면 했다. 이민을 생각하고 조언을 구하려는 사람이었다. 그와의 대화는 나의 이민 초기를 돌아보는 시간이 되었고 난 자연스레 언어와 문화의 중요성을 강조하며 이야기가 끝나가고 있었다. 마지막 질문이 날아왔다. "이제 행복하세요?"

이 질문은 나를 혼돈에 빠뜨렸다. 나는 행복한가? 나는 불행한가? 그에게 무어라고 답변했는지는 기억하지 못 한다.

언제 행복하다고 느낄까? 언제 행복하다고 말할 수 있을까? 오뉴월의 상큼하고 시원한 바람이 스치고 숨을 깊이 들이쉴 때 난 행복을 느낀다. 아들이 책을 읽겠다며 십여 권의 책을 주문해 달라고 할 때 그리고 열심히 읽는 것을 보고 있을 때 행복인지 안도감인지 구별이 안 되는 그런 느낌이 있었다. 동쪽 끝 뉴펀들랜드 섬의 어느 절벽에서 바다를 바라보며 그 샛길을 걸을 때도 그랬다. 아내와 여행 도중 머문 미국 중부의 시골 호텔 앞 식당에서 싼 가격에 예상치 않게 맛있는 저녁을 먹었을 때는 놀라움을 동반한 행복이 느껴졌다.

그런데도 나는 행복하다고 말하지 못한다. 그런 행복은 지나가는 행복이며 모든 행복은 머물지 않기 때문이다. 행복은 언제나 연기와 같다. 내 몸을 감싸는 듯하지만, 어느 순간에 사라져 버린다.

언제부터인지 나에게 행복을 묻는 것은 무의미한 것처럼 생각되기 시작했다. 쇼펜하우어는 " 네가 불행하다면 너보다 더 불행한 사람을 보라. 행복감을 느낄 것이다."라고 말한다. 이 글을 처음 읽었을 때는 그를 오해했었다. 타인의 불행과 비교하여 행복을 찾다니 얼마나 구차하고 상대적인 행복인가? 그러나 쇼펜하우어는 행복을 추구하는 행위 자체를 무의미하게 생각했다. 행복을 추구하는 사람들에게 그것은 쓸데없는 것이고 길게 존재하지 않으며, 삶의 진정한 의미를 찾으라 강조한 글이었다.

프랑스어를 공부한 지 1년이 지났다. 이제 간단한 문장은 천천히 말할 수 있는 수준이 되었다. 만일 프랑스어를 유창하게 말할 수 있다면 행복할까? 그렇지 않다는 것을 나는 잘 안다.

혹자는 프랑스어를 공부하는 자체가 행복이라 말한다. 역시 그렇지 않다. 발음의 구강 구조 적응과 단어의 망각은 허탈함과 실망만을 안겨준다. 그래도 공부하는 순간이 행복하다고 주장한다면 행복이란 단어에 중독된 상태일 것이다. 행복 추구는 대가를 바라는 마음이다. 나는 행복을 개의치 않고 나 자신의 삶을 살아갈 뿐이다.

할아버지가 된 지 5년이 되었다. 자식은 가까이에서 같이 살자며 이사 오라고 틈틈이 말한다. 아내는 책을 읽느라 글을 쓰느라 바쁜데도 이사 가자고 한다. 자식이 도움을 요청하는데 어찌 모른 체 하냐는 것이다. 아내에겐 손주를 돌봐 주는 것이 하나의 행복이며 의무일지도 모른다. 나는 반대 의견을 종종 주장한다. 아직 세계 안 가본 곳이 너무 많다. 손녀가 우리 도움이 필요 없을 만큼 컸을 때 유럽이나 아프리카 여행을 할 수 있을까? 이탈리아나 프랑스의 작은 도시에서 한 계절을 살아 볼 수 있을까? 앞으로 10년 안에 몸 이곳저곳에서 병이 발생하고 기력도 지금보다 더 떨어질 텐데. 그때는 너무 늦을 것 같다. 그렇게 된다면 스쳐 지나는 행복조차 느끼지 못할 것이다. 아니다. 나는 그걸 따지고 싶지 않다. 그저 오늘 하루를 하고 싶은 대로 열심히 살 뿐이다. 행복하다, 불행하다고 말하는 자체가 나에겐 의미가 없다.

자동차 여행

아내와 나는 자동차 여행을 좋아한다. 여름 여행은 물론이고 겨울 여행도 눈이 없는 남쪽으로 차를 몰고 장시간 내려간다. 이민 전에도 한국의 모든 도로를 뒤지고 다닐 정도로 운전하며 돌아다니곤 했다.

얼마 전 휴가지에서 돌아왔다. 퀘벡시티의 북동쪽 25분 거리에 있는 카티지를 일주일간 렌트하여 머물면서 주변을 둘러보았다. 옛 프랑스풍의 도시 퀘벡 시티가 아기자기하여, 걸으면서 주변을 둘러보기 아름답고 재미있는 도시이다. 다리가 아픈 사람이 많이 치유됐다는 쌩 땅 드 보프레 성당도 유명하고 100m 낙차의 몽모랑시 폭포와 그 물살을 가로질러 걷는 구름다리 낀 산책길이 있어 일주일 머물며 쉼과 관광을 즐기기 좋은 곳이다. 이곳은 내가 사는 토론토에서 840km 거리라서 혼자 운전하면 벅차고 일행과 나누어 운전하기엔 적당한 거리이다. 두 명이 두 시간씩 운전하면 쉬는 시간과 식사 시간을 포함하여

10시간 소요된다. 도심지를 지날 때는 차량이 많아 운전이 조금 피곤하다는 생각이 들기도 한다. 한국으로 따지면 부산과 신의주 간 거리이니 멀기도 하다. 그러나 대부분의 고속도로는 한산하여 운전 자체를 즐기며 여행할 수 있다.

매년 겨울엔 플로리다의 데이토나 비치(Daytona beach)로 운전하여 간다. 토론토에서 편도로 2,000km이니 중간 지점에 일박하고 내려간다. 먼 길이지만 추운 캐나다를 벗어나 따뜻한 남쪽 지방을 간다고 생각하면 운전하면서 힘이 솟는다. 아내와 교대로 2, 3시간씩 운전하며 내려간다. 특히 위도를 따라 남으로 운전하면 겨울, 봄, 여름 계절의 변화가 펼쳐지는데 이틀 만에 세 계절을 느끼며 내려가는 것이 자동차 여행의 희열이다. 그러나 돌아오는 길은 여름 가을 겨울로 향하는 길이기에 상대적으로 재미가 적고 때로는 눈에 덮인 긴 토론토 겨울을 상상하면 암울해지기도 한다.

최근 몇 년간 여름엔 동쪽 끝 노바스코샤로 갔다. 그중 가장 대서양에 붙어있는 케이프 브래튼 섬은 편도로 2,100km이다. 운전이 쉬운 지역이지만 중간에 뉴브런스윅주의 멍턴에서 1~2박을 하며 주위의 볼 것을 즐기고 도착하는 곳이다. 다시 그곳 대서양에서 일주일을 머물다 돌아오는데 완전히 휴가의 정착이다. 대서양과 우거진 숲 그리고 인적이 드문 곳에서 대서양을 즐기고, 산행, 그리고 책과 잠을 충분히 만끽하고 오는 곳이다. 특히 살아있는 싱싱한 바닷가재와 홍합을 직판장에서 직접 싸게 구매하여 요리해 먹는 것은 이 여행의 빼놓을 수 없는 별미이다.

이민 초기, 대부분의 이민자가 그렇듯이 우리 가족도 심리적으로 불안하였다. 그 불안정은 가족 간에 잦은 충돌로 이어졌다. 특히 당시 사춘기 아들과의 충돌은 아내를 더욱 긴장하게 했다. 1월 어느 날 아내는 캐나다의 겨울이 길고 지루하니 나에게 자동차 여행이라도 하고 오라고 했다. 자기는 아들을 돌봐야 하기에 혼자 다녀오라고 했다. 그 의도도 모르고 난 대뜸 'OK'라고 답하고 간단한 준비 후 캐나다 최고의 명소 로키산맥으로 차를 몰았다. 나중에 그 뜻을 알 것도 같았지만 중요하지 않았다. 그만큼 자동차 여행을 좋아했다. 내가 사는 온타리오주만 빠져나가는데 이틀이 소요됐다. 온타리오 북부는 산도 많고 눈도 많아 운전이 쉽지 않았다. 그리고 펼쳐지는 캐나다 대평원(prairie)은 왕복 4차선의 직선 도로로 다시 이틀을 달려야 했다. 가끔 대평원을 운전했다는 사람을 만나면 혁명의 동지를 만난 듯이 반갑다. 흔하지 않은 경험이다. 그런데 그들은 하나같이 운전이 너무 지겨웠다고 말한다. 똑같은 밀밭은 20시간이나 운전해야 한다고 지루함만을 이야기한다. 난 그곳을 지날 때 그 광활함에 벅찼고 그곳을 운전하고 지나간다는 감격에 눈시울을 적셨다. 1월에도 불구하고 눈이 없어 누런 들판과 군데 군데 돌돌 말린 건초 짚단(hay)이 그려진다.

일주일간 로키산맥에 머물다 돌아오는 대평원 길은 폭설과 함께했다. 함박눈은 북위 50도의 캐나다 1번 고속도로를 사정 없이 덮어버렸고, 제설 장비는 아무 의미 없게 눈을 치우는 것 같았다. 난 가다 서기를 반복하며 천천히 운전했고 계획보다 하루를 더 운전해야 했다. 특히 중간지점 어느 모텔에서 하룻밤 을 자고 났는데 폭설이 방문 앞에 쌓여 있었다. 문을 못 열어 직원이 눈을 치운 후에 나왔던 기억은 지금도 생생하다.

이젠 이런 장시간 자동차 여행이 어려워졌다. 아내와 같이 운전을 돌아가며 했는데 아내의 눈에 이상이 생겼다. 녹내장이 라 한다. 운전을 조금 오래 하면 눈이 쉬 피로를 느끼고 급기야 머리에 통증까지 온다고 한다. 작년 겨울 플로리다 여행은 왕복 4,000km를 나 혼자 운전했다. 이번 퀘벡 여행은 아내가 뒷자 리에 앉아 있었고 다른 일행이 앞자리 조수석에 앉아 있었다. 사람이 바뀌니 이상했다.

아내는 내가 운전 중에 눈앞에 펼쳐지는 풍경 보는 것을 좋아 했다. 긴 대화도 좋아했다. 이젠 여행을 하게 되면 공항에서 기 다리며 이야기를 나누고 비행기 안에서 서로의 눈을 보며 이야 기하게 될 것이다.

프랑스어 공부하기

프랑스어를 공부하려는 시도는 처음부터 무리였다. 그 계기도 잘못된 것인지 모른다. 몇 년 전부터 장 폴 사르트르*의 "존재와 무"를 읽기 시작했다. 여러 번 읽고 나서야 조금씩 이해하게 되었고 그의 사상에 무릎을 치며 좋아하는 부분도 생겼다. 그리고 그 생각이 나의 사고의 세계와 일치하는 부분이 많아지면서 실존주의 철학에 자연스레 몰입하게 되었다. "인간은 세계에 던져진 잉여적 존재에 불과하며 자신의 본질은 스스로 만들어가는 것이다." 따라서 "실존은 본질에 앞선다." 라는 명제를 이해하고 나서, 불어를 공부하고 싶은 욕심이 일어났다. 그의 글을 원어로 읽을 수 있다면 더 기쁘리라 생각했다.

공부교재를 찾는 것만도 한 달은 걸린 것 같다. 우선 YouTube에서 프랑스 강의를 검색하고 '기초 프랑스어'란 단어가 들어간 것을 모조리 찾아서 들었다. 그리고 무작정 받아 적어 보았다. 그렇게 시작한 불어 공부의 첫째 벽은 명사와 형용사에 남녀의 성이 있다는 것이었다. 예로 한국과 프랑스는 여성 명사고 일본은 남성명사이다. 세상의 모든 존재가 남성 여성으로 구분되고, 말할 때 그것을 le, la를 써서 알려주어야 하니 단어를 외우기도 바쁜데 예기치 않은 한 가지를 추가로 더 외워야 한다.

프랑스어는 시제가 너무 많고 인칭과 시제에 따라 그 동사의 어미가 바뀐다. 이것도 큰 난관이지만 발음은 최고의 난제이다. 처음엔 내가 흉내 내는 음이 맞겠지, 라고 생각했다. 가끔 아내가 발음 때문에 선생이 필요하다고 했지만, 열심히 공부하면 좋아질 줄 알았다. 손안의 스마트 폰에 구글 번역기를 깔았다. 그리고 내가 영어로 번역기에 대고 이야기하면 한국어나 불어로 번역되어 나온다. 그런데 그 번역기가 나의 불어 발음을 잘 인식하지 못했다. 내 발음이 그만큼 엉망이란 걸 처음 알았다. 영어나 한국어로 말하면 거의 다 인식 가능한데 불어는 절반 정도이다. 만일 프랑스나 퀘벡에 가서 불어로 이야기한다면 상대가 못 알아듣는다는 의미이다. 그 실망감은 나로 하여금 불어 공부를 중단하기에 충분한 이유가 되었다.

은퇴하면 중남미를 여행할 계획을 하고 있다. 이구와수 폭포, 마추픽추와 갈라파고스 등 여러 곳을 가보고 싶다. 중남미는 포르투갈어를 쓰는 브라질을 제외하곤 모든 나라가 스페인어권이다. 지인의 권유로 스페인어를 조금 공부해 봤다. 우선 스페인어는 발음기호가 없다. 글자 발음대로 읽으면 된다. 시제가 약간 복잡한데 프랑스어와 비슷하다. 무엇보다 구글 번역기가 나의 스페인어 발음을 거의 완벽하게 인식하는데 그 매력이 있다. 두세 달 스페인어를 공부했나 보다. 재미도 있었다.

인간은 무엇으로 사는가? 나는 무엇으로 사는가? 적어도 나는 사유로 사는 것 같다. 책을 읽고 그 의미를 생각하기를 좋아한다. 최근엔 그 안에 사르트르가 깊이 들어와 있다. 스페인어를 공부하는 것은 여행하기 위함이요. 불어를 공부하는 이유는 사상의 접근에 있다. 아무래도 다시 불어를 공부해야 할 것 같았다.

LINC(캐나다 신규이민자 언어교육 프로그램)에 가서 프랑스어를 공부하고 싶다고 이야기했다. 몇 군데에서 그런 반이 없다 하여 성과 없이 돌아왔지만, 운이 좋게 한 곳에서 YMCA에 가면 배울 수 있다는 정보를 얻었다. 바로 전화를 했고 정보는 정확했다. 날짜를 정해주고 아침 일찍 시험 보러 오라고 했다. 시험은 읽기, 쓰기, 듣기, 대화로 나누어져 4시간 동안 치렀다. 처음으로 프랑스어 시험지를 받아서 읽었고, 선생과 불어 대화는 거의 알아들을 수는 없었지만, 언어 자체가 아름답다고 생각했다. 그리고는 집에서 30분 거리에 있는 학교로 배정받았다.

주 1회, 주말 오전 3시간 초급 과정 수업이다.

마침내 토요일 아침! 첫 수업을 들었다. 일 교시는 주로 받아쓰기였고 이 교시는 그룹으로 대화를 하는 시간이었다. 실제로 프랑스어로 더듬더듬 대화해보았다. 이 수업 후 앞으로의 공부 방향도 회화 위주로 설정해야 했다. 학생의 연령대는 대부분 30대이고 20대와 40대도 간간이 보였다. 나 외에 가장 나이 많은 사람이 50세가 될까 말까 하니 그 반에서 이순(耳順)을 앞둔 내가 최고령자이다. 3시간 수업을 마치고 나니 머리가 아프다. 수업 중 선생이 불어로 자꾸 말하라고 시키니 집중하다 생긴 두통이다.

평소 가까이 지내던 분이 날 보고 왜 그렇게 어렵게 사냐고 한다. 난 왜 그리 쉽게 살려고 하느냐고 하려다 그만두었다. 그저 나 살고 싶은 대로 살면 되고, 그는 그가 원하는 대로 살면 되는 것이다. 돌아오는 길에 사르트르에게 말을 걸었다. "조금 기다려보시오. 내가 당신에게 다가가고 있소이다."

* 장 폴 샤르트르(Jean Paul Sartre, 1905~1980) : 프랑스 작가이며 실존주의 철학자

부부 글쓰기

아내가 예민하게 변해간다. 청소해야 한다며 청소기가 있는 지하실을 들락거리더니 마음이 변했는지 아무래도 다음 주에 해야겠다며 청소를 접는다. 부엌에서 뭔가 부스럭대더니 나에게 한마디 한다. 커피를 내린 후 주변을 잘 정리하라고 핀잔을 주고, 온 부엌이 커피 흘린 자국 천지라며 보이지도 않는 커피 자국을 닦아댄다. 한 달의 마지막 주마다 벌어지는 소동이다. 그 주 안에 수필 한 편을 메일로 올려야 하는데 뭔가 잘 맞아떨어지지 않는다고 한다. 결국엔 이번 달은 수필 올리는 것을 건너뛰겠다고 한다.

매월 첫째 수요일이면 캐나다 문인협회 수필분과 회원이 각자의 글을 올려 합평하는 날이다. 한 달에 한 편이니, 시간이 넉넉하기도 하지만 글만 쓰고 살 수는 없는 노릇이다. 그리고 쉽게 써질 것 같은 글이 논리에 어긋나고, 연결이 부드럽지 않고, 글의 흐름에 맞지 않고, 흐름이 어색한 한두 단락을 빼니

양이 부족하고, 언젠가 썼던 글과 내용이 상충하는 등 글이 이루어질 수 없는 요인만 산적해 있다.

그래도 내가 문인협회 1년 선배라고 아내에게 권한다. 한번 쉬어도 상관없지만, 아직 시간 있으니 시도는 더 해보라고 했다. 이런 압박감이 있어야 글도 써진다고도 했다. 나도 구상해 놓은 글은 있어 슬슬 시작해야 한다. 보름 전에 써 놨던 짧은 글 몇 개를 잘 연결하기만 하면 될 것 같다.

아내는 나의 권고 때문인지 다시 글을 쓰기 시작했다. 하루가 더 지나고 나서는 다 썼다며 좋아하는 듯하더니 글이 너무 딱딱하다고 고치고, 고친 후 지나치게 논리적이라며 수필 같지 않다고 구시렁거린다. 저녁에 일을 마치고 돌아오니 드디어 완성했다며 보여준다. 읽어보니 재미있게 잘 썼다. 나도 더는 미룰 수 없어 써 놓은 글들을 연결하기 시도했다.

각 단락은 내용이 좋은데 막상 연결하고 나니 모순투성이다. 몇 번 읽고 수정하면 더 좋아지는 게 보통인데 이번 수필은 왠지 잘 될 것 같지가 않다. 은근 걱정이 되는데 아내가 다시 수정했다고 한 번 더 읽어보라고 한다. 나도 급한데……

대충 읽고 도입부가 조금 이상하다고 말해주고 내 글에 집중했다. 사실 도입부만 자세히 읽었다. 내 코가 석 자다. 아내는 다시 수정하기 위해 읽고 고치기를 반복한다. 하루가 지나고 이제 더는 고치지 않겠다며 도입부를 다 날렸다고 한다. 나도 다급한지라 아내의 글을 대충 읽으니 눈에 들어오는 것은 1%, 99%, 2%, 98% 수치밖에 없다. 마음이 급하다. '잘 썼네. 메일로 보내도 되겠네.'라고 말하고 다시 내 글로 갔다. 아~ 아무리 고쳐도 될 것 같지 않다.

고민은 늘어가고 나야말로 이번 달은 건너뛰어야 할 판이다. 올해는 한 번도 빠지지 말자 다짐했는데⋯⋯. 멀리서 메일로 보냈다고, 이미 화살은 시위를 떠났다며 식기를 닦는 아내의 콧노래 소리가 들린다. 아무리 그래도 남편의 고충을 뻔히 알 텐데 저리도 좋을까? 그 흥얼거림이 나에겐 쇠 긁히는 소리로 들린다. 아직 이틀이 남았다. 그러나 오늘은 자는 게 좋겠다. 자자.

새벽에 일어나 쓴 글을 다시 읽어도 마음에 들지 않는다. 모르겠다. 잠이나 더 자려 했지만, 몸만 무겁다. 모든 걸 덮고 다른 소재로 쓸까 했지만 준비해 놓은 것이 없다. 아내의 안경테가 부러져 수리하러 밖으로 나갔지만, 세상 어느 사물에도 초점이 맞춰지지 않는다. 왜 오늘 같은 날 안경테가 부러진 것일까? 합평이 끝난 후 고치면 안 되나? 그러다가 우리 부부의 글 쓰는 이야기를 글로 옮기면 좋겠다는 생각이 들었다. 한 달 중 마지막 일주일간은 서로 예민하지만 보통 때는 공통의 관심사가 있고 서로 끝을 모르는 대화를 하고 있지 않은가? 좋든 싫든 생생한 우리 부부의 글 이야기를 수필로 남겨보자고 생각하고 며칠간 붙들고 있던 글을 버렸다.

지금, 이 순간은 아내와 대화를 나눌 시간이 없지만, 평상시는 글쓰기에 대하여 할 말이 많다. 서로 글감을 나누고 그 글의 주제나 논리성과 문체에 관한 이야기도 나눈다. 특히 문학지에서 어떤 시나 수필을 읽고 추천해주면 도움이 많이 된다. 다음 달에는 이런 스트레스 없이 일찌감치 글을 완성해 둬야겠다고 다짐해 본다.

장
정
숙

- 봉선화
- 거북이 요양원
- 내가 왜 여기에 있지
- 임자 잃은 경례

chungsookkoh@yahoo.co.kr

마지막 순간에 빛을 거두고 거침없이 지평선 너머로 침몰하는 해를 바라보면서 나는 황홀했다. 해가 '진다'고 쓸쓸한 느낌에 잠겨있던 자신을 일깨우는 그 무엇이 있었다. 전혀 저항할 수 없는 자연의 순환, 그 일몰의 순간, 어떤 생각도 느낌도 끊어지는 것을 느꼈다.

—본문 중에서

봉선화

봉선화 한 송이가 내 집에 들어왔다. 신문지에 돌돌 말려온 그것을 화분에 옮겨 심으려다 잠시 멍하니 바라보았다. 내 앞에 자태를 나타내고 있는 봉선화가 어딘가에 두고 온 나의 분신과 같다는 느낌이 들었기 때문이다.

어린 시절, 봉선화가 피면 무슨 예식이라도 치르는 것처럼 어른들은 나를 마루에 앉혀놓고 내 손톱에 물을 들였다. 빨간 꽃잎을 백반과 함께 짓이겨 내 열 손가락 손톱 위에 얹어 가제로 싸매고 하얀 무명실로 꽁꽁 묶어주었다. 어린 마음에도 무언가 야릇한 기대감으로 화끈거리는 손가락을 조심스럽게 끼고 잤던 옛 시절이 생각났다.

예나 지금이나 여전히 봉선화의 촌스러운 모습이 반가웠는데 곧 나는 정신이 혼란스러워졌다. 불청객을 불러들인 듯 갑자기 지난 80여 년의 세월이 가슴에 와 닿았기 때문이다. 빨간 손톱을 꿈꾸었던 소녀와 석양을 등지고 있는 조락한 두 얼굴이 겹쳤다. 들고 있는 꽃삽을 내려놓고 잠시 베란다에 섰다. 22층에서 바라다보는 동쪽 하늘 아래로 꽉 차있는 토론토의 활기찬 모습이 내 시야에 들어왔으나 내 마음은 먼 하늘 저편에 누워있는 호수를 찾고 있었다.

며칠 전 일몰을 보러 간 호수다. 그때 하늘은 오렌지 빛으로 황홀했다. 하늘을 떠나는 태양은 알몸의 아름다움을 아낌없이 드러내며 일 초 일 초 짙푸른 물 위로 몸을 내리고 있었다. 온몸으로 초를 읽고 있던 내 심장이 숨을 멈추고 있는 찰나, 해는 지체 없이 수면 아래로 몸을 던졌다. 한 조각 빛도 남기지 않고 떠나간 태양과 새빨간 불덩어리를 삼킨 호수는 잔잔했다. 사위는 조용히 저물어갔다.

생생하게 목격한 우주의 행보였다. 기약 없이 서서히 죽어가고 있는 노년의 삶에는 끝없는 방황이 있다. 하루가 다르게 변하는 육체의 임자는 누구이며, 나는 어디로 가고 있는 것인가? 의미를 찾지 못한 삶의 끝에 남은 건 오직 곱게 떠나게 해달라는 것뿐이다.

마지막 순간에 빛을 거두고 거침없이 지평선 너머로 침몰하는 해를 바라보면서 나는 황홀했다. 해가 '진다' 고 쓸쓸한 느낌에 잠겨있던 자신을 일깨우는 그 무엇이 있었다. 전혀 저항할 수 없는 자연의 순환, 그 일몰의 순간, 어떤 생각도 느낌도 끊어지는 것을 느꼈다. 그저 모든 것이 순응할 뿐이었다. 일몰을 보기 직전까지 혼란하고 스산하던 내 마음은 평온해지고 있었다. 일몰에서 내가 얻은 것은 지극히 평범한 진리였고 그 순환을 따라온 내 삶을 새삼 확인했다.

봉선화는 계절이 되자 꽃을 피웠다. 두툼한 꽃대에 숨은 듯 피어난 빨간 얼굴을 내가 발견했을 때 넓적한 꽃잎의 한 편은 이미 시들고 있었다. 꽃은 자주 목이 말랐다. 고층 아파트 시멘트 바닥에 올라앉은 그 모습이 애처롭고 미안해서 나는 자주 물을 주었다.

10월을 맞은 봉선화는 몽실한 씨방을 주렁주렁 달고 섰다. 한창때를 지난 봉선화의 이미지가 누구를 닮은 것 같기도 하다. 이젠 꽃도 잎도 날려 보낸 알몸으로 씨방을 안고 서 있는 봉선화는 언제 쓰러질지 모르나 지금도 내 앞에서 그 존재를 드러내고 있다.

거북이 요양원

지난 연말은 사우스 피드르 섬(south padre Island)에서 보냈다. 미국 텍사스 주와 멕시코가 만나는 국경선 가까이에 있는 작은 섬이다. 이전에 한 번 가 본 적이 있는 섬이지만, 야자수 나무가 바람에 흔들리는 거리를 가슴이 넓고 다리가 짧은 사람들이 한가롭게 거닐고 있었다. 조금은 검은 그들의 피부색이 파란 하늘과 썩 잘 어울리는 게 '이곳이 미국인가?'하고 의아해질 정도로 느슨한 정취가 내겐 편안했다.

해변에 숙소를 얻지 못해 이번에는 바다에서 조금 떨어진 곳에서 묵었다. 바닷가에서처럼 잠결에도 파도 소리를 듣는 낭만은 없었지만, 뜻밖에도 호텔에서 얻은 정보로 이색적인 경험을 할 수 있었다. 거북이 요양원을 구경한 일이다.

해안을 따라 길게 선 하얀 건물 정면에 Sea Turtle Rehabili-tation Center라는 간판이 붙은 곳이었다. '거북이 요양원?' 파닥거리는 물고기처럼 꼬리를 들어 올린 곡선의 필체가 묘한 호기심을 일으켰다. 안으로 들어가니 어두컴컴한 공간에 탱크들이 설치되어 있는데 그 안에 거대한 거북이들이 한 마리씩 들어 있었다. 움직이는 것도 있고 죽은 듯 엎드려 있는 것도 보였다. 말하자면 거북이들은 환자고 탱크는 병실이다. 사람이 아닌 동물이 이리도 가까이 사람의 문화권에 들어 앉아있다는 사실에 놀랐지만, 병원 내부가 보여주는 낯선 시설은 곧 숙연한 기분으로 구경꾼들을 맞았다.

각 탱크의 바깥벽으로 거북이의 상태와 그 탱크 운영비를 지원하는 사람들의 이름이 기록되어 있었다. 탱크 하나가 차지하는 면적이 크기 때문에 많은 거북이를 수용할 수는 없는 것으로 보였으나 한 눈에도 달리 보이는 야생적 외관은 그 배후에 거북이를 테마로 한 환경 문제가 관련되어 있다는 것을 알 수 있었다.

그 거북이들은 모두 태평양에서 실려 온 것들이며 팔다리를 잃었거나 암에 걸린 상태였다. 사람들이 바다에 버린 그물이나 기구에 걸려 수족을 잃은 거북이들은 방향 감각을 잃어 뭍으로 올라가 말라 죽거나 먹이도 찾을 수 없게 되고 사람들이 버린 플라스틱이나 오물을 먹은 거북이들이 암에 걸렸다는 우울한 실례를 보여주고 있었다.

병이 들어 바다에서 밀려난 거북이에게 온정의 손이 닿았다.

그 사업을 지원하는 독지가의 명단 중에 한 가족의 다섯 형제가 있었다. 돌아가신 어머니를 추모하는 마음으로 탱크 하나를 지원하는 경우였다. 형제들의 애틋한 정이 탱크 안의 튜브를 통해 거북이의 숨결을 지탱하고 있다는 눈앞의 실물이 내 가슴에 전류를 일으켰다.

환자인 거북이보다는 탱크 지원자 명찰에 점점 관심이 쏠렸다. 그중에 또 'A group of Idiots (바보들의 모임)'이라고 쓰인 것이 눈길을 끌었다. (Idiots)! 무슨 신호 같은 짧은 단어, 이건 또 웬 말인가. 껍데기만 가지고도 위풍당당할 수 있는 요즘 세태에 세상이 깔보는 바보라는 이름으로 존재를 드러낸 그 배후의 정체가 왠지 내겐 하나의 힘으로 상상되었다. 오염된 지구환경을 외면하고 겉치레에 연연하는 세상의 흐름에 시대의 지성을 요망하는 한 소리가 바보들의 입에서 나왔다는 느낌이다. 그들의 순직한 걱정이 아무리 정당하다고 할지라도 그 소리에 손뼉을 쳐주는 사람은 많지 않을 것이다. 차라리 인간사회 기준에서 내려와 바보가 되어 세상의 이목이 없는 자리에 서겠다는 선량한 시민을 발견한 기분이었다.

수족을 잃은 거북이에게 달아줄 인공 기구를 만드는 과정을 설명한 도표를 보았다. 좀 더 가볍게, 좀 더 효율적으로, 비록 육체적 감각까지는 살려내지 못 할지라도 과학과 기공이 합세

하여 만들어내는 인공 수족을 달고 바다 속 숲 사이를 헤엄치는 거북이를 상상했다. 유유히 헤엄치는 물고기들의 세상이 지상의 정원과 다름없는 정경이다.

내일이면 떠나는 마지막 날, 나는 바닷가 야자수 그늘에서 몸을 쉬었다. 온종일 파도가 밀려왔다가 밀려가기를 거듭했다. 자연을 잊고 살아온 인간들이 다시 자연을 찾아와 반라(半裸)의 모습으로 파도와 함께 놀고 있었다. 성난 거인처럼 물기둥으로 일어서는 파도를 쫓고 쫓기면서 올리는 인간의 즐거운 비명이 그리도 사랑스럽고 평화롭게 비추는 하루였다.

내가 왜 여기에 있지

'아, 피곤하다―.' 아침에 침상에서 일어나면서 내뱉는 나의 첫 마디다. 혼자 살아오면서 엄살이라는 건 잊은 지가 오래되었는데, 이건 나도 모르게 나오는 비명인가. 책 읽기를 게을리 하지 않고 산책도 자주 하면서 나름대로 몸을 보살피는 편인데도, 구순으로 가는 몸은 내 마음대로 되지 않는다. 신발을 신다가 '쾅당 탕' 이리 부딪고 저리 부딪히고, 할 때도 내가 비명을 지르지 않는 게 예사가 되었다. 어쩔 수 없는 일이지만 민망스러운 내 실상이다. 평생 쌓인 세진(世塵)의 무게가 이리도 버거운가 보다.

'내가 왜 여기에 있지?' …오늘 동네 마트에 갔다가 돌아오는 길에 또다시 느낀 일이다. 많은 차가 내 앞을 쓸고 지나갔다. 신호가 바뀌는 시간이 길었던지 앞에서 마주 오는 행렬과 마주치면서 힐끗 나를 쳐다보는 사람도 있는 것 같아서, 혹, 그 속에 섞여 있을, 내가 모르는 나를 아는 사람이 '저 사람은 왜 저기서

넋 없이 서 있나?' 할지도 모른다는 생각이 들었다. 차들은 곧 썰물처럼 도로를 휩쓸고 저만치 가버렸고 사람들도 내 시야에서 사라졌다. 달라질 수 없는 하얀 도시, 거리는 다시 하얀 거리로 돌아갔다.

조그만 배낭을 메고 지팡이를 짚고 길거리에 서 있는 내 모습을 본다. 배낭의 무게가 아니어도 허리는 굽었고 눌러쓴 모자 밖으로 흰 머리카락은 뻗쳐있다. 어느 길목에서도 다정한 얼굴을 만나기 힘든 거리에서 나는 이렇게 늙어왔다. 셋방살이하듯 길들지 않은 거리를 걷는 발바닥이 때로는 불쌍하고 미안하기도 하다. 마트에서 사서 배낭에 집어넣은 몇 개의 식품도 새삼 그 무게가 느껴진다.

외국 생활도 중년이 넘어 어설프게 시작했고, 어름어름하다 보니 노년이 되었다. 일제강점기에 자라고, 6·25전쟁을 알몸으로 겪은 나는 실종된 나의 젊음과 그 실종이 빚어낸 허약한 인생관을 가지고 세상 물결치는 대로 살아왔다고 할 수 있다. 뜨거운 열정을 쏟을 곳도 찾지 못했고, 허겁지겁 살아오면서 막연한 갈증만 키웠다. 그것이 지구 저편에서 이편으로 건너온 내 초라한 이력이다.

백인 사람들이 만들어내는 인간사회에 나의 미래에 대한 가능성은 애당초부터 없던 것이었다. 해방되고 겨우 찾을 수 있었던 초라한 모국어도 새로 이주한 땅에서 자꾸 시들어 갔고…
다시 시작한 새로운 언어! 그 언어의 한계만큼 선택 없는 삶을
살았다. 이민 생활의 현지에서 내 선천적 인식과 낯선 환경의
현실이 부닥칠 때마다 내 삶은 비틀거렸다.

약소민족이라는 딱지가 지긋지긋했다. 꼬리표처럼 붙어 다
니는 부끄러운 국적을 벗어나는 첫 길이 탈출일 수밖에 없었던
그 옛 시절, 선진국이라는 먼 나라는 충분히 매력이 있었다. 시
대의 아픔에 직접 참여하면서 주체 의식이 뭔지도 모르고, 그만
치 가난했던 19세기의 꿈은 이 땅에서 여지없이 고물이 되었다.
오늘이나 내일이나 다를 것 없이 막차를 잡아타기에 바빴던 심
신은 마음 놓고 피곤하지도 못했다.

늦깎이의 이민 생활은 제가 살아온 시대성을 벗지 못한 채
이제 지팡이를 유일한 동반자로 여기에 섰다. 어제보다 더 축소
된 인생의 지도 위에 마지막 작은 점 하나 찍어 놓았는데 어쩌
자고 나는 아직도 묻고 있는가.

'내가 왜 여기에 있지?' 하고.

임자 잃은 경례

그분이 돌아가신 지 석 달이 되었다. 그의 죽음으로 내겐 빚이 생겼다. 물질로 갚을 수 없는 마음의 빚이다.

치매를 앓던 내 남편이 마지막 한 해를 요양원에서 보냈던 10년 전 그는 자주 남편을 찾아와주었다. 성경 구절을 쓴 종이 한 장을 병실 벽에 먼저 붙이고 '잘 있었어.' 하며 남편 곁으로 와 앉았다. 남편은 미소로 그분을 맞았지만, 말을 못 하는 남편과의 만남은 서로가 손을 잡고 깊은 눈길로 우정을 교환하는 시간으로 충분했던 것 같다. '나, 간다, 잘 있어.' 하고 그분이 자리에서 일어나면 남편은 벌떡 일어나 그분에게 거수경례로 작별 인사를 건넸다.

두 사람은 같은 연배에 같은 군대 출신이다. 그분은 높은 영관급에 있었던 직업군인이었고 내 남편은 6·25 때에 입대하여 제대한 뒤 관직에도 한동안 있었다. 군대 생활로 사회생활을 시작한 남편은 군에서 익힌 군인 기질 때문인지 때로는 그분에게 무례하게 보이는 행동을 하기도 하여 내가 가슴을 쓸어내리던 일도 있었다. 그러나 두 사람의 관계는 원만하게 지속되었다. 생사의 고비를 넘나드는 체험을 공유한 동지애가 이민 생활이라는 또 하나의 전투에서 서로를 이해하는 데 도움이 된 것 같다.

남편이 세상을 떠나고 난 뒤 혼자서 산책하던 어느 날, 동네 공원에서 그분을 만났다. 몇 마디 인사를 나누면서 그분은 부탁이 있다며 정색을 했다. 즉, 만약 자신이 먼저 죽으면 그 장례식에서 내가 조사를 해달라는 것이었다. 인생의 황혼 길에 다 같이 늙어가는 처지에 죽음의 얘기가 별난 건 아니겠지만 그분이 당시 중한 병을 앓고 있는 것도 아니고 그런 얘기를 할 만한 자리도 아니었기에 그 일은 얼떨결에 그냥 넘어갔다. 그러나 검은 테두리를 두른 '조사'라는 단어는 쉽게 잊혀지지 않고 있었다.

그리고 얼마 후 그분이 갑자기 돌아가셨다. 부고를 받고 보니 한 해 전에 나누었던 조사 얘기가 생각났다. 약속 아닌 약속이 현실로 내 눈앞에 놓인 심정이었다. 말수가 적은 사람의 입에서 나온 한 마디는 내 가슴을 무겁게 했다.

장례 준비를 하고 있을 그분의 가족에게선 아무 말도 해오지 않았는데 나는 조사의 내용을 하나둘 챙기기 시작했다. 남편이 아플 때 한결같이 다정하게 대해주었고 때로는 투정하는 남편을 너그럽게 받아주었던 그분의 아량이 한 묶음으로 내게 와 닿았다. 그러나 그분의 장례식에서 내가 조사를 할 기회는 없었다.

이민 1세로 살아가던 그들이 어색했던 생업을 접은 노경이 되자 골프채를 잡았다. 그 골프 모임이 얼마 계속되지도 못해 남편은 치매 초기 증세로 운전을 할 수 없었다. 그러나 그분은 전과 같이 골프장에 남편을 데리고 갔다. 골프를 치는 날이면 그분은 우리 집 앞에 차를 세우고 남편의 골프채를 차에 실었다. 그리고 자신의 옆자리에 남편을 앉히면 차가 떠나기 전에 내게 손을 한 번 흔들어 주었다. 당신이 내 남편을 맡았으니 걱정하지 말라는 신호였다.

그들은 바둑도 같이 두었다. 바둑을 두는 날이면 내가 남편을 그 댁으로 데려다주고 바둑이 끝나면 그분이 남편을 내게 데려다주었다. 마치 등하교를 하는 어린아이를 돌보듯 그분과 나 사이의 릴레이식 보살핌은 꽤 오랫동안 지속되었다. 지금 생각해보니 어찌 나는 그분의 도움과 친절을 부담 없이 받아들일 수가 있었는지….

남편이 헤어질 때면 그분에게 하던 거수경례 생각이 가끔 났다. 자신의 고마움과 기쁨을 표현하는 최선의 방법이 경례라고 생각했던 것일까? 말로 표현을 하지 못하는 환자가 순수한 눈빛으로 똑바로 서서 경례하고 또 정중하게 경례를 받아주던 그들의 모습은 모국에서 죽지 못하는 노병들의 쓸쓸함을 보여주는 것 같았다.

남편이 그분에게 말로 전달하지 못하고 경례로 표시했던 감사의 마음을, 이제 내가 그분의 영전에라도 바치고 싶었는데 그럴 기회도 영원히 사라졌다. 임자를 잃은 그 경례, 이제 어디로 보내야 하나.

유 연 훈

- 괜찮다는 것과 It's OK
- 못 해먹을 노릇
- 묵은 빚을 갚다
- 조금 바보가 되어도 좋은

vivinayou@hanmail.net

괜찮다는 말을 많이 쓰는 사람은 얼핏 긍정적인 사람으로 보이지만, 만족할 줄 모르는 사람이 아닐까 의심이 든 적도 있다. 선뜻 좋다고 긍정하지 못하고 어느 한구석 불만족스럽지만 받아들이겠다는 선심이 깔려있어 보였기 때문이다.

－본문 중에서

괜찮다는 것과 It's OK

여름 내내 즐겨 먹던 오이지가 몇 개 남지 않았다. 남편은 이게 다냐고 몇 번을 물어보았다. 그는 여름이 시작되기도 전부터 오이지 타령을 할 정도로 오이지를 좋아한다. 하도 좋아하여 해마다 담가 먹다 보니 차츰 나까지도 오이지를 선호하게 되었다. 오이를 소금물에서 숙성시키는 것 외엔 아무것도 첨가하는 것이 없는데도, 짭조름하니 아삭하게 씹히는 게 뒷맛까지 개운하여 여름 밑반찬으로 자주 상에 올랐다. 여름이 지나가려면 한 달은 더 있어야 할 것 같아 남편에게 한 봉지 더 담글까 물었다. 그는 고개를 가로저으며 '괜찮다'고 했다.

남편은 괜찮다는 말을 아무 데나 갖다 붙이는 경향이 있다. 본인의 의사를 분명하게 밝혀야 할 물음에도 이것도 저것도 아닌 괜찮다고 했다. 자기 의사를 분명하게 밝히면 왠지 경박스럽고 이기적으로 보일까 봐 '괜찮다'로 애매하게 표현하는 것이라고 이해하면서도 그런 태도가 영 마음에 들지 않았다. 겸손한 사람과 착한 사람을 한통속으로 여겨 자기의 감정을 솔직하게 표현하길 꺼리는 것인지, 둘 중 하나를 선택하는 게 귀찮아서인지 알 수가 없었다.

괜찮다는 말을 많이 쓰는 사람은 얼핏 긍정적인 사람으로 보이지만, 만족할 줄 모르는 사람이 아닐까 의심이 든 적도 있다. 선뜻 좋다고 긍정하지 못하고 어느 한구석 불만족스럽지만 받아들이겠다는 선심이 깔려있어 보였기 때문이다. 나는 너무 직설적으로 감정을 표출하여 오해도 받고 환대받지 못한 적도 있지만, 자기 생각을 적절하게 밝히는 게 두리뭉실하게 넘기는 것보다 확실한 소통이 된다고 믿고 있다. 다의적인 뜻으로 괜찮다는 말을 오래도록 사용해 온 우리는, 때로는 좋다는 뜻으로, 때로는 싫다는 말로 불편 없이 알아듣고 쓰고 있지만, 정서가 다른 문화권의 사람에겐 통하지 않는다는 것을 알게 되었다.

캐나다인 사위를 둔 지인의 이야기이다. 사위와 장인이 야간 야구 경기를 보러 갔다. 게임이 시작되기 전, 사위가 햄버거를 사 오겠다며 장인에게 먹겠냐고 물었다. 저녁을 먹기엔 이르고 안 먹자니 관람 도중에 배가 고플 것 같았다. 장인은 잠시 생각하다가 "It's OK."라고 대답했다. 사위는 햄버거를 딱 한 개 사 와서 혼자만 먹었다. 사위는 'It's OK.'를 'No'로 이해했다. 장인은 'It's OK.'라고 했지만, 잠시 뜸을 들인 것으로 '먹어도 좋고, 안 먹어도 된다.'는 뜻을 전한 것이었다. 기다렸다는 듯이 냉큼 'Yes.'하는 것을 채신머리없는 짓이라 여기며 아랫사람이 한 번 더 물어봐 주길 은근히 기대하는 것도 우리의 정서이다. 한 번쯤 사양한 것으로 체면을 세우고, 두 번째 물어오면 권유를 받아들이는 제스처를 취하며 먹으려 했는데, 혼자만 먹고 있는 사위가 아주 얄미웠단다. 저녁을 거르고 야구를 보고 와서 딸한테 사위가 두 번도 안 물어보고 혼자만 먹더라고 일러바쳤다. 그 후 딸이 제 남편에게 아빠가 'It's OK.'라고 해도 한 번 더 물어보는 게 한국문화라고 가르쳤다고 한다. 이제 사위는 장인이 'It's OK.'라고 하면 "Canadian it's OK or Korean it's OK?"라고 확인하며 어느 장단에 맞춰 춤을 춰야 할지 난감해한다는 이야기를 들었다.

마지막 남은 오이지를 밥상에 올리며 이게 진짜 마지막이라고 하자, 남편은 미련이 가득한 표정을 지었다. 동정심이 생겨 한 봉지 더 담그자고 또 다시 물었다. 사실 자꾸 물어볼 것도 없이 내 맘대로 할 수 있었지만, 긍정도 부정도 아닌 '괜찮다'고만 하면 얻어먹을 것도 못 얻어먹을 수 있다는 것을 보여주려는 심보가 아주 없지 않았다. 분명하게 자기 의사를 표현하길 기대하며 여러 번 물었지만, 끝까지 괜찮다고 하던 그가, 다음 날 몸소 오이지 오이 한 봉지를 사 들고 왔다.

이렇게 담글 걸 왜 괜찮다고 했냐고 따지듯이 물었다. 먹기는 본인이 먹는데 수고는 내가 하니까 미안한 마음이 들어서 그랬단다. 결국 남편의 '괜찮다.'라는 말은 No도 아니고 Yes도 아닌 '배려'였다는 것을 겨우 알게 되었다. 자신의 의견을 이거 아니면 저거로 똑 떨어지게 나눌 수 없는 경우도 있긴 하지만, 나라의 흥망성쇠를 좌우하는 일이 아닌 이상 본인의 의사를 분명히 밝히자고 진담을 담은 농담을 건네며 웃고 말았다.

못 해먹을 노릇

밴쿠버에서 로키 산맥을 향해 올라가는 첫날은 버스 안에서 꼬박 8시간을 보내야 했다. 비슷비슷한 차창 밖 풍경이 지루해질 때쯤, 앞자리에 앉은 귀여운 꼬마와 눈이 마주쳤다. 꿀 떨어지는 눈빛을 보냈더니 수줍음과 장난기가 섞인 미소로 알은체했다. 종일 버스를 타고 있으려니 저나 나나 심심하긴 마찬가지일 터. 눈빛 교환은 했으니 말이라도 붙여볼까 하다가 곁을 주지 않는 젊은 엄마가 어떻게 생각할지 몰라 관심을 거두었다. 서먹한 사이에 '옷깃만 스쳐도 인연'이라는 말 한마디면, 금세 마음의 빗장을 풀고 다가서던 시대는 지났나 보다. 사람들이 도통 관심을 주지도 않고 관심 받는 것도 귀찮아하는 것 같았다. 십여 년 전 단체여행을 할 때만 해도 버스에 탄 사람끼리 운명을 같이하게 되었다며 통성명하고 주전부리를 나눠 먹고 헤어질 때 연락처를 주고받았는데, 이번 여행에서 그런 건 숙맥이나 하는 기대라는 걸 알게 되었다.

첫 번째로 버스에 오른 우리 일행은 중간쯤에 자리를 잡았다. 정해진 자리가 있는 것도 아니었지만, 3박 4일 동안 동고동락하게 될 다른 사람들을 위해 앞자리를 양보하려는 의도였다. 그런데 나이 지긋한 가이드가 와서 부산을 떨며 뒤쪽 자리가 더 좋다고 옮길 것을 종용했다. 꿍꿍이속을 감추고 있는 듯했다. 알고 보니 노인이나 어린이는 안전을 이유로 앞자리에 앉아야 하는데 양보하거나 배려하는 사람이 많지 않아서 될 수 있으면 앞자리를 확보해 놓으려는 심산이었다. 예상했던 대로 그런 배려는 일어나지 않았다. 나와 내 가족의 이익 앞에서는 경로사상이나 노약자 보호 같은 것은 무시해도 되는 게 자기 권리라고 생각하는 것 같았다.

같은 버스를 타고, 3박 4일 동안 삼시 세끼를 옆자리에서 먹고, 같은 장소에서 같은 풍경을 바라보았어도, 마주치면 눈인사는 고사하고 처음 보는 사람을 대하듯 데면데면했다. 그런 분위기를 당연하게 받아들이는 다수의 사람에게 나는 먼저 손 내밀지 못하고 주춤거리며 정서적 거리감을 실감했다. 아파트 층간 소음으로 살인도 하는 세상에 이웃사촌은 고사성어에서나 찾아볼 수 있는 시대가 되었는지도 모르겠다. 인연이니, 운명이니, 하며 친해 보려는 내가 구식 사람이라는 걸 인정해야 할 것 같았다. 그러나 그런 개인주의적인 분위기를 방치한 책임이 가이드한테 있다고 우기고 싶은 이 뾰족한 마음은 뭘까?

고국 방문 중 관광버스로 단체여행을 갔을 때였다. 삼삼오오 짝을 지어 모인 사람들이지만 가이드의 재치로 우리는 통성명도 없이 단시간에 의기투합할 수 있었다. 버스 통로를 중심으로 두 패로 가르더니 상품을 걸고 단체 게임을 시켰다. 너무 쉽고 간단한 게임인데 이상하게 웃기고 재미있었다. 한쪽에서 "음메, 음메"하면, 상대편은 "삐약, 삐약"하고 응답하는 것이다. '음메'와 '삐약'을 반대로 외치는데 소리가 큰 쪽에 상을 주겠다고 했다. 상품에 욕심이 나서 악을 썼고 웃음소리로 차가 흔들릴 지경이었다. 이렇게 한바탕 웃고 나니 어느새 우린 하나가 된 기분이 들었고 유머가 풍부한 가이드의 통솔로 여행이 순조롭게 진행되었다.

사실 이번 여행의 가이드가 최선을 다하지 않은 건 아니었다. 그가 우스갯소리를 해도, 퀴즈를 내도 사람들이 좀처럼 마음을 열지 않았을 뿐이다. 손님들의 반응이 냉랭하면 가이드는 '장사가 안 된다.'고 너스레를 떨었다. 가이드도 사람인데 그의 감정은 아랑곳하지 않고 직업적인 제스처로만 치부하는 것 같아 보기 딱했다. 타산적인 손님에게 인간적인 유대를 기대한 그가 측은해 보였다. 타산적이란 말은 배타적이란 말과 상통하고, 배타적이란 말에는 고독의 그림자가 깔려있다. 사람들은 저마다 보이지 않는 벽을 둘러치고 고독할 자유를 방해받지 않겠다는 결의로 핸드폰과 여행하고 있었다. 단체 여행에서 '유대'라니, 지금이 어느 시대라고, 코웃음 치는 소리가 들리는 듯했다.

새로운 풍경에 대한 가이드의 설명에도 사람들의 표정은 시큰둥했다. 본분을 다하려는 그가 외로워 보여 나는 열심히 듣는 체했지만, 알맹이 없는 설명에 금방 싫증이 났다. 사람들은 인터넷 검색으로 가이드보다 더 자세한 지식을 갖고 있었고, 그도 그 사실을 모르지 않아서 설명을 대충했을 것이다. 나도 여행지를 검색하여 읽어 보고 갔는데, 젊은 사람들은 순간순간 핸드폰으로 도착지 날씨까지 꿰고 있었다. 오히려 가이드가 손님에게 도착지까지 몇 분이 남았냐고 물어볼 정도였다. 최첨단 기기에 익숙하고, 사람보다 기계를 더 믿으며, 내 감정만 소중하게 생각하는 세대를 손님으로 모셔야 하는 가이드도 못 해먹을 노릇이었다.

3박 4일 동안의 여정이 끝났다. 아기자기한 한국의 산과는 비교가 안 되는 거대한 산을 실컷 구경했다. 아싸바스카(Athabasca Glacier) 빙하체험도 오래 기억에 남을 것 같다. 방학 중이라 아이들을 동반한 가족이 많았는데 은연중에 낯이 익어서 막상 헤어지려니 섭섭했다. 나는 먼저 버스에서 내리는 사람들한테 큰소리로 안녕히 가시라며 손을 흔드는 것으로 아쉬운 마음을 달랬다. 젊은 사람들은 예의 바르게 묵례를 잊지 않았다. 요즘 세대는 자기 권리를 찾는 만큼 예의범절도 잘 지킨다는 것을 알 수 있었다. 그러니 잘잘못을 따질 성질의 것은 아니고, '배려'가 부족하다는 점이 조금 아쉬울 뿐이었다. 어디선가 읽었던 "배려는 남에게만 혜택을 주는 것이 아니라 거꾸로 다른 이들의 배려를 받으면서 살 수 있는 여건을 얻게 되는 것"이라는 말을 나누고 싶었다. '장사'를 무사히 끝낸 가이드의 옅은 미소 속에 어린 격세지감을 나는 놓치지 않았다. 내 기분과 같았으므로.

묵은 빚을 갚다

개그맨 유○석은 늘 쓰고 있던 안경을 벗는 것만으로도 사람을 웃게 만든다. 친숙했던 표정이 사라지고 생판 다른 사람으로 느껴져 이상하고, 낯설어서 웃게 된다. 그만큼 안경이 인상에 주는 영향이 크기 때문에, 요즘은 시력에 문제가 없어도 이미지 변신용으로 안경을 쓰기도 한다. 안경테의 모양과 색깔에 따라서도 표정이 다르게 보이므로 안경원엔 수백 가지의 안경테가 구비되어 있다. 나는 황반변성이 있어서 해마다 눈 검사를 받고 안경을 바꿔야 한다. 시력이 점점 떨어져서 돋보기는 해마다 바꾸었지만 평상시에 쓰는 다초점 안경은 6년 전 한국에서 맞춰온 것을 불편해도 그대로 사용해 왔다. 갈색의 얇고 동그란 테가 각진 얼굴모양과 잘 어울렸고, 가벼워서 밤낮으로 쓰다 보니 내 이미지로 자리매김하였기 때문에 바꾸고 싶지 않았다. 이제 이 안경이 아니면 다른 사람으로 보일 정도가 되었지만, 도수 차이가 너무 많이 나서 렌즈만 바꾸려고 단골 안경원에

갖다 맡겼다.

　일주일 후에 연락하면 찾으러 오라고 했다. 이 안경원은 분점이어서 모든 작업은 본사에서 했고 간단한 일, 렌즈를 갈아 끼는 작업 정도만 했다. 안경테가 워낙 가벼워서 압축렌즈를 써야 하므로 가격이 비쌌지만 내 얼굴의 일부가 되어버린 안경테를 고수하자면 그만한 대가는 치러도 상관없었다. 일주일이 지나고 며칠이 더 지나도 연락이 오지 않아 전화했더니, 당황하며 다음 날 오라는데 무슨 문제가 생겼다는 걸 직감할 수 있었다. 아니나 다를까 테이블 위에 렌즈를 잃어버린 부러진 안경테가 아무렇게나 널브러져 있었다. 내 몸의 한 부분이 다친 것처럼 마음이 아팠다. 우려했던 일이 현실이 되다니, 낭패감에 현기증이 일었다. 옆에 있는 낯선 안경에 관심도 주지 않고 부러진 안경을 이리저리 살피며 어떻게 해야 할지 말없이 생각을 모으는데 불현듯 떠오르는 사람이 있었다.

　세탁소를 시작하고 옷 수선에 대한 경험이 많지 않을 때였다. 연세가 지긋하신 여자 손님이 오리털 재킷 수선을 맡겨왔다. 수선용 양면테이프를 이용하면 표시 안 나게 수선할 수 있을 것 같았다. 겉감과 안감 사이에 테이프를 놓고 열을 가하면 녹아서 접착된다는 생각만 하고 다리미를 갖다 대자 재킷의 천이 녹아 다리미 크기만큼의 구멍이 생겼다. 고쳐서라도 입으려고 했다면 그만큼 아끼는 옷이었을 터였다. 옷값 변상이 문제가 아니라 서툰 영어로 어떻게 손님에게 양해를 구할 것인가가 고민되어 며칠 밤잠을 설쳤다. 험악한 분위기 속에서 보상액을 놓고 옥신각신할 거라고 예상했던 것은 내가 할 수 있는 행동이었기 때문이었다. 그런데 기적 같은 일이 일어났다. 그분은 오래된 옷이라 버리려고 했다고, 일하다 보면 그럴 수도 있다며 괜찮다는 말로 오히려 나를 위로했다. 어떤 보상도 마다했다. 말할 수 없이 미안하고 고마웠다.

조금도 손해를 보지 않으려는 이기적 개인주의가 만연한 세상이다. 자기에게 불이익이 된다면 다른 사람의 실수를 용납하지 않으며, 상대방의 실수를 이용하여 이득을 챙기려 드는 사람도 보았던 터라, 감동이 더욱 컸다. 부드럽고 인자한 그분의 미소를 잊을 수 없다. 나이가 든다는 것은 이해심이 깊어진다는 뜻이 아닐까, 아니 그래야만 할 것 같았다. 타인으로부터 은혜를 입었으니 나도 언젠가는 누군가에게 사랑을 베풀리라 마음먹었다. 다른 사람의 실수를 눈감아 주어야 할 빚을 지게 된 셈이었다.

안경원 직원은 옆에 있던 새 안경을 써보라고 권했다. 동그란 모양은 비슷했지만 재질과 색깔은 달랐다. 똑같은 것으로 대치할 수 없다면 먼저 내게 연락하여 내가 다른 안경을 선택할 수 있도록 하는 게 이치인데, 자기들 멋대로 바꿔 놓고 써보라니 기가 막혔다. 아마도 새 렌즈를 끼우는 과정에서 안경테를 부러뜨린 모양이었다. 안경테 모양이 바뀌면 380불짜리 렌즈를 다시 만들어야 하기 때문에, 내게 연락도 없이 비슷한 모양의 안경으로 실수를 무마하려 했던 것이다. 그러고 보니 안경을 맡기던 날, 나를 담당했던 새내기 직원이 보이지 않았다. 자신의 실수가 어떤 파장을 일으킬지 두려워 숨어버린 걸까. 얼굴조차 내밀지 못하는 풋내기 안경사의 떨리는 심정이 전해져 오는 듯했다.

선뜻 새 안경을 써보지 않고 부러진 안경을 만지작거리며, 나의 실수를 너그럽게 용서해주었던 그분을 생각하고 있었다. 안경원 직원은 안절부절 하며 내 눈치만 살폈다. 마음을 다잡고 새 안경을 써보았다. 유O석이 안경을 벗었을 때처럼 거울 속에 나 같지 않은 내가 있었다. 낯설고 어색한 기분을 감추고 "Not bad!"라고 하자, 순간 직원의 얼굴이 환해졌다, 오래전 나처럼. 그분에게 진 묵은 빚을 갚은 듯한 기분이 나쁘지 않았다.

조금 바보가 되어도 좋은

　아무도 없는 텅 빈 교회 예배실. 단단한 적막에 깃든 엄숙한 기운에 얼른 무릎부터 꿇었다. 고요 속으로 나를 밀어 넣으며 내 몸 구석구석에 묻어 있는 세속의 잡음을 털어내려 했다. 두서없는 생각이 조금씩 기도가 되어갈 즈음 끊어질 듯 이어지는 작은 노랫소리가 기도 틈새로 스며들었다. 어느새 기도의 끈을 놓치고 나도 모르게 귀에 익은 성가를 마음속으로 따라 부르다가, 노래하는 사람이 누구인지 궁금증이 들어 그만 일어서고 말았다. 마치 홀린 듯이 노랫소리를 따라 성당 이 층으로 올라가 보았다. 개인적인 친분은 없으나 눈에 익은 얼굴이 유리창 너머에 있었다. 교회 행사에서 자주 보았는데 나서는 법이 없었으므로 저이가 저렇게 노래를 잘 부르는지 몰랐었다. 나는 그녀의 모습을 보며 혼자 얼굴을 붉혔는데, 달력에 있는 어떤 그림이 떠올랐기 때문이었다.

　올해는 '바보 성자'로 불리는 김수환 추기경님 선종 10주년을 맞는 해이다. 연초에 성당에서 추기경님의 캐리커처와 어록이 담긴 달력을 받았는데, "바보야"라는 자화상을 들고 서 있는 추기경님의 그림이 감동으로 오래 마음에 남았다. 만인의 존경을 받는 분이 어떻게 자신을 바보라고 고백하는가. "제가 바보 같지 않나요? 있는 그대로 인간으로서, 제가 잘났으면 뭐 그리 잘났고, 크면 얼마나 크고, 알면 얼마나 알겠습니까. 안다고 나대고, 어디 가서 대접받길 바라는 게 바보지. 그러고 보면 내가 제일 바보 같이 산 것 같아요."라고 그림 설명을 하셨단다. 저렇게 훌륭하신 분이 바보라면, 나는 얼마나 큰 바보란 말인가.

어렸을 적, 동생과 싸우면 엄마는 "지는 게 이기는 거다."라고 부드럽게 엄포를 놓으셨다. 동생은 막내여서 가족의 사랑을 독차지했고 상대적으로 나는 늘 소외당하는 기분이었다. 아마도 내가 관심을 끌 수 있는 방법은 아주 착한 짓을 하거나 엉뚱한 고집을 부리는 거였을 것이다. 알 듯 모를 듯한 '지는 게 이기는 거다'라는 말은 져주는 것으로 착한 언니가 될 것인지 고집을 부려서라도 기어이 이길 것인지 갈등하게 했다. 이제 와 생각해 보니 엄마의 엄포는 때로는 지혜롭게 피해 갈 줄도 알아야한다는 것을 경험으로 깨우치게 하려는 의도였던 것 같다. 그때는 그 뜻을 몰랐지만, 그쯤에서 중단하지 않으면 정말 혼난다는 걸 알았으므로 일단 싸움을 접곤 했다. 진 것도 아니고 이긴

것도 아니었지만 한발 물러서서 숨을 고르다 보면 왜 싸웠는지조차 잊고 금방 헤헤거리며 놀았던 기억이 난다. 고집이 센 아이였던 나는 동생한테 져 줄 수는 있었지만, 지는 걸 바보나 하는 짓으로 여겼다.

내게 있어 바보의 반대어는 자존심이었던 것 같다. 사람의 속성에는 남보다 튀기를 바라는 마음이 있다고 하지만 나는 자존심을 지키려 애썼다. 어느 분야에서건 잘하는 사람은 존재감이 있고 존경도 받는다. 언제나 내가 가진 역량의 최대치에 도전하며 자신에게 싸움을 걸었고 인정받았을 때 자존감과 함께 자신감도 생겼다. 자신감은 자칫 자만으로 빠질 수 있어서 행동거지를 조심해야 했다. 나는 겸손한 사람이 되고 싶었지만 뜻대로 되지는 못했다. 진정한 겸손이란 어떤 것일까? 사전을 찾아보았다. 겸손은 "남을 존중하고 자신을 낮추는 태도"라고 나와 있었다. 지는 게 이기는 거라던 엄마의 말씀이 떠올랐다. 내가 제일 경계하는 조금 바보가 되어도 좋은 게 겸손의 다른 얼굴이었다. 겸손은 지혜로움과 다르지 않은 것이었다.

청년 성가대를 시작으로 이순의 나이까지 성가대원으로 활동한 것은 노래가 좋아서였지만 특별한 봉사를 한다는 대접을 받곤 했다. 겉으로는 아니라고 손사래 치면서도 마음 한구석 자만심이 자리하고 있었음을 부인할 수 없다. 이 층에서 성가를 연습하는 사람이 누구인지 궁금했던 것은 장례 예절에서 봉사하기 위해 연습하는 것 같았기 때문이었다. 장례는 예고 없이 일어나므로 언제라도 자기의 일을 접고 시간을 내야 하는 봉사이다. 내가 외면했던 그 봉사를 기꺼이 하겠다고 나선 그의 겸손 앞에 나는 순간 부끄러움을 느꼈다. 같은 곡을 반복해서 부르고 또 부르며 연습하는 그녀가 타고난 재능으로 대접받길 좋아했던 나를 돌아보게 했다. 그녀의 노래가 내 귀엔 '나는 아무것도 아닙니다. 저를 당신의 도구로 써주소서.'라는 기도로 들렸다.

황
로
사

- 낯선 일탈
- 천 년의 시간이 지나고
- 인생 제 2막
- 이름 뒤의 한 문장

rosahwang61@gmail.com

걷다 보니 무겁게 짊어지고 있던 허접한 것들이 허물 벗듯이 떨어져 나갔다. 자아를 채우는 에너지가 서서히 내면에 쌓이기 시작했다. 구글맵을 들고 남쪽으로 남쪽으로, 가능하면 녹색지대를 찾아 걸었다. 로렌스 공원에 들어섰을 때는 고색창연함 속에 마냥 머물고 싶었다.

—본문 중에서

낯선 일탈

몇 년 전 교통사고로 차가 부서지던 날부터 나는 뚜벅이가 되었다. 마침 직장 근처로 집을 옮기게 되어서 차를 없애기로 한 것이다. 나의 다리와 친해져야 할 운명이니 그 기념으로 토론토 북쪽인 휜치에서 남쪽 끝 하버 프론트까지 20km를 걷기로 작심했다. 목적지에 도달하는 것만을 목표로 삼고 걸었다. 몸을 가볍게 하고 걸어야 한다는 생각에 아무 것도 먹지 않고 세 시간을 걷다가 음식을 사먹은 것이 화근이었다. 먹고 나니 몸이 노곤해지는 바람에 움직일 수 없이 피곤이 밀려와서 전철을 타고 집으로 되돌아와야 했다. 그때 나는 몇 킬로미터를 앞에 두고 쓴 잔의 고배를 마셨다.

이번에는 방법을 달리했다. '도착지점을 목표로 하지 말고 여정 속에서 보고, 느끼고, 즐기자.'로 마음을 먹고 책 한 권을 들고 나섰다. 복장은 최대한으로 가볍게 입었다. 영혼과 마음의 충전은 자연과 들고 나선 책에서 채우기로 했다. 가슴속에 새겨두었던 시 '이타카로 가는 길'이 그렇게 나를 이끌었는지도 모르겠다.

> 기도하라, 네 길이 오랜 여정이 되기를
> 크나큰 즐거움과 크나큰 기쁨을 안고
> 미지의 항구로 들어설 때까지
> 네가 맞이할 여름날의 아침은 수없이 많으니
> 페니키아 시장에서 잠시 길을 멈춰
> 어여쁜 물건들을 사거라
> 자개와 산호와 호박과 흑단
> 온갖 관능적인 향수들을
> 무엇보다도 향수를, 주머니 사정이 허락하는 최대한
> 이집트의 여러 도시들을 찾아가
> 현자들에게 배우고 또 배우라 …
> ―그리스 시인 콘스탄티노스의 '이타카로 가는 길' 중에서

혼자 걷는 것은 나와 동행하는 여정이다. 나는 가끔 나와 내 안의 나를 분리하는 버릇이 있다. 느낀 것과 생각한 것을 가슴 속에 다져 넣을 때 내면 깊숙한 곳에 있는 자신과 대화를 한다. 주로 외로움을 달랠 때 쓰는 방법이기도 하다.

어느새 나는 길 위의 주인이 되어있다. 이어폰을 끼고 음악을 들으면 오솔길은 음악 감상실이 된다. 팟 케스트를 들으면 책을 듣는 독서실이 된다. 자연의 숨소리에 온몸의 감각이 열린다. 글감이 떠오르면 스마트 폰에 냉동시킨다. 흙냄새를 깊이 들이마시며 바람이 스쳐가는 소리를 듣는다. 멈추어서면 시간도 멈추어 나를 들여다보게 한다.

오랜 세월 동안 나는 모서리에서 멀리 떨어져 한 가운데서 사는 것에 익숙했다. 안락한 생활 속에 파묻혀서 자신을 특별 구역 안에 가두어 놓았다. 내가 보는 하늘이 다 인 줄 알았다. 지인이 나더러 너무 아름다운 것만 보려고 한다고 지적하기도 했다. 그러나 이런저런 일을 겪으면서 나를 감싸고 있던 파스텔 톤의 양막이 터지고 귀퉁이로 서서히 밀려나게 되었다. 갇혀있던 틀을 깨고 나오려고 꿈틀거렸고 안 해 본 것을 탐험처럼 시도하곤 했다. 비로소 시야에 들어온 하늘의 면적이 커지기 시작했다.

걷다 보니 무겁게 짊어지고 있던 허접한 것들이 허물 벗듯이 떨어져 나갔다. 자아를 채우는 에너지가 서서히 내면에 쌓이기 시작했다. 구글맵을 들고 남쪽으로 남쪽으로, 가능하면 녹색지대를 찾아 걸었다. 로렌스 공원에 들어섰을 때는 고색창연함 속에 마냥 머물고 싶었다. 호젓한 자리에 앉아 책을 읽으며 작가의 숨결을 같이 호흡했다. 다시 길을 가다가 갑자기 먹구름이 몰려오는데 공동묘지 안에서 길을 잃어 비석 사이를 헤매기도 했다. 묘지를 빠져 나와 숨을 돌리고 지인의 가게에 들렀다. 분주한 삶 때문에 자주 만나지 못하던 차에 오랜만에 회포를 풀었다. '만나서 반가웠다.'는 별것 아닌 말도 진심으로 나눈다면 그것만으로도 좋은 관계라는 생각을 하며 돌아섰다.

아침 열 시에 떠났는데 저녁 여섯 시. 마침내 하버 프론트에 닿았다. 수고했다며 격려하는 듯, 무지개가 너른 온타리오 호수 위에 둥실 떠있다. 빈 벤치에 앉아 하늘을 향해 고개를 젖혔다. 저 멀리 붉은 노을이 파란 하늘 아래 서서히 퍼지고 있다. 성취감이 마음 가운데 오롯이 들어와 앉는다.

일탈은 살면서 떨구어내고 싶은 것이 있을 때 감행하는 무모함을 내포한다. 변화를 향한 시도이고 버리면서 얻으려는 작업이다. 하지만 망설임은 안락을 향해 굽는 관성이 있어 주저앉게 한다. 시작이 반이다. 한 번도 살아보지 못한 삶이 내 앞에서 기다리고 있다는 것이 희망으로 존재한다. 낯설고 불편한 과정을 동반한 일탈이지만 그것이 내면을 단단하게 하고, 삶의 무게를 가볍게 하리라.

천 년의 시간이 지나고

가정의는 나를 전문의에게 보내며 종이에 'urgent'라고 썼다. 긴급하다는 단어를 보는 순간 심장이 멎는 것 같았다. 얼마 전 초음파를 한 결과, 두 군데가 아주 안 좋게 나왔다고 했다. 며칠 되지 않아 각기 다른 분야의 전문의가 나를 불렀다. 그들로부터 걱정과 위로가 섞여있는 반응을 감지하면서 조직검사와 CT촬영을 했다.

나쁜 결과가 나올 것을 예상하면서 기다리는 시간은 막상 나쁜 결과를 받고 난 후보다 더 힘이 든다는 생각이 들었다. 결과가 나올 때까지 보내는 시간은 안개가 자욱한 허공을 허우적거리는 것 같았다. 부정적인 쪽으로 마음을 기울이는 것은 어쩌면 나쁜 결과를 들었을 때를 대비해서 충격을 완화시키려고 최면을 거는 것인지도 몰랐다. 실낱같이 가느다란 희망 한 줄기에 천 근 같은 마음이 매달려 있었다. 나는 여태까지 향해있던 세상과 다른 쪽을 자꾸 바라보기 시작했다. 내가 속해있는 모든 것에 대하여 종착역을 향한 시선으로 보고 있었다.

앞을 전혀 가늠할 수 없는 희미한 현실을 살아가는 모습은 방향을 잃고 휩쓸려 다니는 을씨년스런 가을날의 낙엽이나 다름없었다. 시나리오는 세 가지였다. 최선은 암이 아니고 수술도 안 하는 것이고, 중간은 약으로 치료할 수 있는 것, 최악은 암이 퍼진 것…. 내 마음은 자꾸 세 번째 생각에 기울어졌다. 길 거리에 운동을 하며 걷는 사람들이 눈에 띄었다. 며칠 전까지의 나의 모습이었다. 그러나 현재 나에게는 아무런 의미가 없었다.

그 무렵 문인들과 이틀 동안 나이아가라에서 야외 모임을 가졌다. 단풍이 화려하게 물들어있는 그 곳은 가을 역시 세계적인 명소로서 부족함이 없었다. 창밖으로 내리는 가을비에 낙엽이 떨어지는 소리가 어우러져 낭만적인 분위기에 물씬 젖은 저녁, 존엄사를 주제로 토의했다. 존엄사는 죽음의 시간을 인간이 결정할 수 없다는 의견과 충돌하며 여러 분야에서 토론의 문제로 급부상했다. 특히 인간의 수명이 길어지면서 주목을 받게 된 웰빙 만큼이나 웰다잉이 큰 관심사가 되었다.

대부분이 존엄사에 찬성한다는 쪽으로 의견이 모아졌다. 그 이유 중 하나는 환자 자신에게는 고통에서 자유로울 권리를 주기 위함이고 두 번째는 가족에 대한 배려를 하기 위함이었다. 곧 삶의 마지막 순간을 본인이 선택하게 하여 죽음의 질을 높이고 품위를 지킬 수 있게 해 준다는 것이었다. 한 사람씩 돌아가며 내어놓는 의견을 듣는데, '이 중에서 내가 가장 먼저 갈 수도 있겠구나, 다음 모임에는 내가 없을 수도 있겠구나…' 하는 생각이 씨줄과 날줄처럼 교차하면서 머릿속이 꿈속같이 몽롱해졌다.

호주의 호스피스 간호사인 브로니웨어는 임종을 앞두고 있는 암 환자들과 대화하면서 그들이 공통적으로 후회하는 것이 무엇인지를 '죽을 때 가장 후회하는 다섯 가지'라는 책에 썼다. 그것은 남에게 보이는 삶을 살았던 것, 일한다고 가족과 시간을 같이 보내지 못한 것, 자기감정을 솔직하게 표현하지 못한 것, 친구들에게 자주 연락을 하지 못한 것, 그리고 행복을 위해 도전하지 못했던 것이었다. 오래 전, 그 책을 읽었을 때는 표피적으로 공감하며 그렇게 후회하지 않도록 살아야겠다고 단순하게 생각하고 책을 덮었다. 그런데 막상 현실로 다가왔다고 생각하니 이 모든 것을 만회하기에는 시간이 없다는 조급한 마음이 들었다.

검사결과를 알기 위해 예약이 된 날, 선고를 기다리는 피고마냥 대기실에 앉아서 기다렸다. 결과를 알고 나면 어떻게 대처해야 할지 생각하며 나 자신을 다독였다. 의사가 내 이름을 불렀다.

"조직검사 결과가 완전 정상입니다. 혹도 없어졌어요."

"어떻게 그럴 수가… 있나요? 저번에 선생님이 말씀하실 때는…."

의사는 이유는 잘 모르겠으나 결과는 정확하니 안심하라고
했다.

병원을 빠져 나왔다. 바로 앞에 지하철역이 있었지만 지나쳐
걷고 또 걸었다. 죽음의 공포에서 멀어지면서 살아있음을 진하
게 느끼며 그저 호흡을 깊이 하고 싶었다. 당연히 어디에나 있
다고 여겨졌던 공기는 생명력을 품고 내 속에 스며들었다. 그저
별 의미 없이 흘러가는 것 같았던 시간은 촌각마다 가치가 담겨
있었다. 스쳐 지나가는 사람들은 모두가 귀한 존재라는 빛을
발하고 있었다. 하늘을 올려다보았다. 요정 하나가 날아오더니
내 손에 뭔가를 꼭 쥐어 주고 사라졌다. 내 손바닥에는 모든
것을 새로운 시각으로 보게 하는 보석이 반짝이고 있었다. 그
속에는 천 년 같았던 두 달 동안의 고뇌가 새겨져 있었다.

지하철역으로 들어섰는데 나지막한 첼로소리가 들렸다. 한
쪽 구석에서 중년의 남자가 'G선상의 아리아'를 연주하고 있었
다. 대학 시절 기숙사에 있을 때 취침 시간이면 스피커를 통해
나오던 곡이었다. 그 음악은 창 밖에서 비쳐 들어온 달빛과 섞
여서 우리를 편안하게 잠 속으로 빠져들게 하곤 했다. 그때 느
꼈던 평안과 다시 태어난 것 같은 환희가 내 속에 차올랐다.

가만히 앉아 바닥에 있는 종이 상자에 동전을 살짝 올려놓았
다. 동전을 떨구는 소리로 첼로의 선율을 방해하고 싶지 않았다.

인생 제 2막

세상은 봄을 맞을 준비가 한창인 삼월인데, 로키 산에는 고요하게 포슬 눈이 내리고 있다. 활기찬 표정의 개들이 온 표면에 그려져 있는 미니 밴은 로키 산맥 정상을 향하여 가파른 눈길을 의연하게 올라가고 있다. 차가 목적지에 다다르자 수 십 마리의 울부짖음이 정적을 깨부순다. 그것은 거의 포효에 가깝다. 내가 탄 썰매를 조정해 줄 안내인 프란시스는 "눈 위를 달리기 시작하면 조용해 질 것"이라며 다소 당황하고 있는 우리들을 안심시킨다. 다섯 마리의 개가 일렬로 줄에 묶인 채 내가 타고 있는 썰매 앞에 정렬하고 서 있다. 몸을 눕히고 담요를 목까지 잡아당기니, 긴장감이 다소 녹는 것 같다.

개들은 뛰기 시작하자 프란시스의 말처럼 신기하게도 짖는 것을 멈춘다. 어느덧 눈발이 강하게 변해있다. 몇 천 미터 고지에서 내려다보는 로키의 설경은 가슴이 벅차오르는 낭만이다. 다섯 마리의 개는 종류가 다를 뿐만 아니라 맡은 역할이 모두

다르다. 맨 앞에서 끄는 두 마리는 훈련을 잘 받은 모범생으로 길잡이를 하고, 맨 뒤에 있는 두 마리는 빨리 뛰지는 못하지만 속도를 조절해 준다고 안내인은 설명을 한다. 그 중에 내 눈에 띈 것은 한 가운데 있는 '수잔'이다. 이름으로 봐서 암캐인 모양이다. 그 이름을 들으면 'Black eyed Susan' 이라는 고운 노란색 꽃이 떠올라서 그런지, 수잔은 이름과 영 안 어울리게 생긴 시베리안 허스키이다. 수잔은 계속 딴 데를 쳐다보거나 옆길로 빠져서 썰매를 자주 멈추게 한다. 한 번은 반대 방향으로 가는 바람에 프란시스는 내가 들어앉아 있는 적지 않은 무게의 썰매를 끙끙대며 반 바퀴나 돌려야 해서 나를 민망하게 했다. 그런데 수잔에게 자꾸 눈길이 간다. 나의 젊은 시절의 모습이 연상되었기 때문이다.

학교라는 공동체 안에서 모두 같이 움직여야 하는 것이 나는 숨이 막혔다. 삼 대가 같이 사는 대가족이라서 집에서도 혼자 있을 공간이나 시간을 좀처럼 가질 수가 없었다. 그래서인지 늘 혼자 있는 것이 좋았고, 그 속에서 이탈하고 싶은 때가 많았다. 속마음은 그런데도, 외톨이가 되는 것이 두려워서 눈치보고 남에게 맞추면서 지내곤 했다. 그 뒤에 몰려오는 것은 허전함과 우울함이었다. 남을 배려하고 착하다는 달콤한 칭찬을 들었지만 자존감은 내 안에 웅크리고 숨어 있었다.

오십 줄에 들어서며 마음의 여유가 생기자, 달려오던 길을 멈추고 숨 고르기를 하듯 뒤를 돌아다 볼 기회가 있었다. 나의 존재는 튀김옷을 입고 있는 것처럼 나만의 색깔도 모양도 보이지 않았다. 남이 공격해도 속만 부글거리는 채, 말도 제대로 못하고 당하고 있는 모습도 보였다.

얼마 전 '삶을 이끄는 것은 오로지 당신 자신'이라고 말하는 오프라 윈프리가 나를 흔들었다. 그녀에게 관심을 가지게 된 것은 인생 법칙의 열 가지 중 첫 번째 항목을 보았을 때였다. 그것은 '남의 호감을 얻으려고 애쓰지 말라' 라는 것이었다. 구태의연한 다른 사람들의 일반적인 철학과 달라서 호기심이 생겼고 동시에 마음이 뭉클했다.

무명의 지역 방송인이었던 그녀는 즉흥적인 순발력과 당당한 모습으로 인해서 여성앵커로 정상에 올라섰다. 그러나 인기가 마구 상승하던 시점에 어려움이 생겼다. 아홉 살 때 사촌오빠에게 성폭행을 당한 이후, 방황하며 살다가 미혼모가 되고, 그 아기마저 이 주일 만에 잃게 된 과거가 가까운 친척에 의해서 드러나게 되었다. 그러나 〈오프라 윈프리쇼〉에서 과거를 솔직하게 자백하는 모습에 관중은 환호했고, 그녀는 더욱 높은 인기를 얻게 되었다. 인종차별과 더불어, 불우한 가정환경 속에서 남에게 맞추며 포장된 모습으로 살았던 시간을 얼마나 후회했으면 가장 강조하고 싶은 인생철학으로 그것을 꼽았을까. 그 한 문장 속에 그녀의 회한이 들어 있는 것 같았다. 나의 반세기도 그 속에 담겨 있었다.

왕복 10킬로 미터를 오가며 프란시스는 연신 수잔의 이름을 불러댄다. 그러나 별 상관하지 않고 무표정한 얼굴로 여전히 자기가 가고 싶은 대로 간다. 수잔의 나이는 모른다. 아마도 중년쯤 되어 나처럼 뒤를 돌아다보고 나서 살고 싶은 방법을 터득한 것은 아닐까.

나는 예전에 살던 방법과는 달리 새로운 길을 가고 있는 중이다. 마음속에 품은 생각을 분명하게 표현하며, 나의 색깔을 있는 그대로 드러내면서 살아가는 연습을 하고 있다. 눌려있던 자존감이 조금씩 고개를 들기 시작한다. 보약을 먹은 것처럼 삶에 윤기가 돈다.

이름 뒤의 한 문장

"여지 것 정말 잘 살아오셨어요. 가족 중에 한 사람한테서 만이라도 진정한 존경을 받는다면 그 사람은 성공한 사람이라고 생각해요. 아버님한테는 적어도 제가 그 한 사람이에요." 막내며느리의 고백을 들으며 멋 적은 듯 왼쪽 손바닥으로 중풍을 맞아 마비된 오른 손등을 괜히 비벼대고 있었다. 더 늦으면 후회할 것 같아 꼭 하고 싶었던 말을 해야 할 듯싶었다.

그러고는 얼마 지나지 않아 아버님은 돌아가셨다.

톨스토이의 〈이반일리치의 죽음〉을 읽으며 시아버지 생각을 했다. 남의 부러움을 온 몸으로 받으며 판사로 승승장구하던 주인공 이반일리치의 인생이 느닷없이 나락으로 떨어지면서 이야기는 전개된다. 어느 날 전구를 고치려고 사다리를 올라가다 떨어진 이반일리치는 그 때부터 원인을 알 수 없는 이상한 병에 걸려 시름시름 앓다가 결국 죽고 만다. 사다리에서의 추락을 인생의 추락으로 이야기를 엮어가면서 작가는 주인공과 가까운 주변 사람들의 심리를 적나라하게 드러내고 있다. 친구들은 물론 가족까지도 그의 죽음을 슬퍼하는 척만 할 뿐, 자신들이 겪을 손실과 이익만을 계산한다. 단지 죽기 한 시간 전에 방으로 들어와 아들이 흘리는 진심 어린 눈물을 보고서 그제서야 진정한 사랑이 무엇인지를 깨달으며 모든 허물을 벗고 환희 속에서 서서히 죽어간다.

끝까지 평탄하게 살아갈 것만 같았던 시아버지 인생이 추락하는 일이 생겼다. 은퇴를 하고 운동이나 하면서 남은 생을 가족들과 편안하게 보내고자 했던 그에게는 복병이 하나 있었다. 그것은 젊었을 때 다친 허리 병이었다. 겉으로는 멀쩡하게 보여도 본인은 구두 속의 돌멩이처럼 늘 그것 때문에 고통스럽다고 하소연했다. 어느 날 가까운 친구 분이 본인의 성공담을 들려주며 그 증상에 선두주자라는 의사를 소개해 주었다. 수술을 받은 후 회복을 기다리며 희망에 부풀어 있을 때, 느닷없이 이상한 후유증이 생겼다. 요도의 신경이 수술 중에 마비가 되어 버린 것이다. 훨훨 날기를 바랐던 소망은 평생 기저귀를 사용해야 하는 절망 속으로 쳐 박혀 버리고 말았다.

온 집안은 회오리바람에 휩싸였다. 바깥출입을 모두 끊고 칩거해서 지내며 스트레스가 아버님 속에 차곡차곡 쌓여가던 즈음이었다. 쌀쌀한 바람이 겨울이 왔음을 알리던 어느 날 아침,

조간신문을 읽다가 갑자기 뇌에 출혈이 생겼다. 그것은 곧 실어증과 반신불수로 이어졌다. 뇌출혈은 참으로 겪지 말아야 할 질병으로 여겨졌다. 지식이든 재력이든 가지고 있는 모든 것을, 아니 인간이 가진 마지막 자존심까지도 내려놓게 만드는 악한 힘을 가지고 있었다. 한번만 복용하면 중풍에 평생 동안 효험이 있다며 매실청에 계란 노른자를 풀어 두 분이 마시던 모습이 높새바람같이 내 머리 속을 휘젓고 지나갔다.

고집 세고 가부장적인 친정아버지만 보고 살았던 나는, 결혼 후 시아버님이 사는 모습을 보고서야 '이렇게 멋있게 사는 분도 계시는구나….' 하고 늘 생각했다. 십대에 고향인 강화도를 떠나 육사에 입학하면서 시작한 군인의 길에는 시대적인 고비가 많았다. 그러나 육십 년대에 군사정권이 들어섰을 때, 육사출신들에게는 성공의 기회가 범람하고 있었던 듯하다. 주위의 많은 사람들이 주어진 기회를 놓치지 않고 권세의 물결에 휩쓸릴 때, 그는 심지를 잃지 않고 청렴결백의 길을 걸었다. 정계에 입문할 기회가 코앞에서 달콤하게 유혹해도 일언지하에 거절한 것은 그 길을 가면 가정을 잘 지킬 수가 없다는 일념 때문이었다고 시어머니가 자주 들려주었다. 그리고는 끝까지 그것을 지키고 살았다. 적어도 몇 년 동안 시집살이를 하며 곁에서 본 나의 눈에도 어김없이 그렇게 보였다. 그 덕분에 시댁의 분위기는 늘 가족중심으로 밝고 유쾌했다. 그의 인생에 휘몰아친 회오리바람으로 추락되기 전까지는….

어떻게 살았는가 하는 평가는 가까운 관계에서 특히 가족 안에서 그 진가가 드러난다. 죽고 나면 이름 뒤에 길게 설명이 붙지 않는다. 단지 한 문장으로 축약될 뿐이다. '참 잘 살았던 분'이라고 늘 가슴에 간직하고 있으니, 돌아가신 지 이십 년이 지났어도 시아버지와 나는 여전히 사이가 좋다.

나중에 내 이름 뒤에 따라붙을 한 문장은 무엇일까… 그걸 생각하니 갑자기 마음이 무거워진다.

정 영 득

- 틀
- 주담대
- 내게도 천사가
- 그 사람이 사는 법

jungvince007@gmail.com

독초처럼 자라나는 언어유희성 말들을 지금부터라도 뽑아내야 한다. 언어는 살아 움직이는 것이기에 시대에 따라 변할 수 있다. 그러나 그 변화 속에서도 한글의 독특한 아름다움은 언제나 유지되어야 한다.

−본문 중에서

틀

"양면테이프가 어디 있더라. 이걸 붙여야 하는데⋯⋯."

자동차에 부착할 메모장 기기 세트를 만지작거리며 내가 하는 말이었다. 만약 테이프를 못 찾으면 문구점에서 하나 사들일 요량이었다. 필요한 물건은 찾을 때마다 늘 꼭꼭 숨어 있다. 서랍을 뒤적이고 안방 건넛방을 왔다 갔다 하는데, 아내의 목소리가 들렸다.

"없으면 만들면 되지요, 뭐." 그러면서 능숙하게 스카치테이프를 돌려 붙여, 멋진 양면테이프를 만들어 냈다. 바로 그거였다. 기껏해야 그저 사러 갈 생각밖에 못 한 나는 어안이 벙벙해졌다. 생각의 틀에 갇혀 있는 나는 오늘도 그렇게 나를 닫아놓고 살았다.

지난 해 봄, 고국을 방문해서 본가에 머물 때였다. 대중교통수단을 이용하다 보니 전철역까지 걸어가야 했다. 하루가 멀다고 변해버린 고국 전철망 덕분에 새로운 역이 집 가까이에도 생겼다. 그러나 그곳까지 걸어 다니는 길이 아직 들쑥날쑥 정리가 안 되어 있었다. 인터넷을 살피니 그 문제도 그리 어려운 건 아니었다. 빠른 길이 거기에 안내되어 있었다. 역시 SNS의 힘은 대단했다. 4월이었는데도 빠른 걸음으로 한 10여 분 걷고 나니 더위가 몸에 올라왔다. 정말 그 길이 제일 빠른 길이었다. 굳이 큰길로 가지 않고도 사잇길을 택해서 가기 때문이었다.

그러다 어느 날, 어머니를 모시고 전철 역 근처에 갈 일이 생겼다. 어머니는 그런데, 내가 다니던 길보다 훨씬 빠른 길로 나를 안내하시는 것이었다. 그러면서 말씀하셨다. "너도 이 길로 다녔지?"

그 길은 지름길이었다. 어머니의 길이 첨단 기술보다 앞선 최고의 길이었다. 나는 습관처럼 온라인 정보만 믿고 그저 익숙한 그 길 아니면 다른 방도가 없는 줄 알고 있었다. 편견과 고정관념이 난무하는 세상에, 나도 송두리째 덜렁 놓여 있는 걸까. 어머니께는, 나도 그 길로 다닌 것처럼 웃음으로 얼버무렸다.

고집이라는 이름으로 얼마나 많이 아성을 쌓고 사는지 모르겠다. 내가 없으면 안 돌아갈 것 같던 회사 일도, 나 아니면 안 될 것 같던 소소한 가족 일도 나 없이 잘만 이루어졌다. 다만 나는 내 틀 안에서 내 입맛대로만 해석할 뿐이었다. 성공하려는 욕구가 누구에게나 있고 성취하려는 노력은 누구나 할 수 있지만, 오직 새로운 사고를 하는 사람만 성공할 수 있다고 한다. 소설가 아서 클라크에 의하면, 가능성의 한계는 불가능의 경계를 넘어서야 정의할 수 있다고 한다. 틀을 벗어나야 비로소 무엇을 이룰지 못 이룰지를 알 수 있는 것이다.

'틀'은 개인의 성격과 상당히 밀접한 관계가 있는 것 같다. 각자의 고유한 틀이 쌓이고 쌓이다 보면 가치관이 성립되고 그것으로 성격이 만들어지는 단계까지 갈 수 있다고 본다. 성격이 좋으면 융통성도 많은 편이다. 건전한 신체에 건전한 정신이 깃든다고, 대개 이런 사람은 몸과 마음이 건강하다. 부자가 아니더라도 느긋하며 여유 있는 생활을 누린다. 나도 서서히 틀을 고치며 새로 매만지고 볼 일이다.

남자들은 모였다 하면 군대 얘기를 많이 한다. 그 시절이 아득히 멀리 있어도 여전히 그때 이야기가 재미있는 것이다. 군대에서 귀에 못이 박히도록 많이 듣던 말, "안되면 되게 하라."를 떠올린다. 기가 막힌 말이다. 그 말대로라면 세상에 안 될 일이 어디 있으랴. 군대 생활에 딱 어울리는 말이고, 그때 그 시절에나 통하는 말인 것쯤으로 여겼다.

그러다가 생각이 바뀌었다. 억지로 무리해서 일을 추진하는 것이 아니라면 사실 그 말에 현재 진행형 시제를 사용해도 되지 않겠는가. 종국에는 그렇게 해서 개인의 틀을 바꿀 수 있을 것이다. 부정적에서 긍정적으로, 소극적에서 적극적으로, 비관적에서 낙관적으로 성향이 바뀌면 우울 모드에서 쾌활 모드로 상황이 변할 것이다. 군 시절의 그 어마어마하고 무지막지한 표현에서 나름대로 동기부여를 찾을 수 있으리라.

내가 만든 틀에서 이제는 나와야겠다. 세상은 내가 혼자 어찌할 수 있는 것도 아니며 내 뜻대로 움직이는 것도 아니다. 많은 사람이 어우러져 사는 시간과 공간에 내가 하나의 작은 점처럼 있을 뿐이다. 그러니 나를 바꾸면 편하다. 한 박자만 더 늦게 가고 한 번만 더 나를 낮춰 보자.

오늘 아침 양면테이프 찾던 일이 뫼비우스의 띠처럼 연결되어 내 사고의 틀을 흔들어 놓았다.

주담대

며칠 전에 신문을 펼치다가 커다란 기사 제목 하나에 눈길이 머물렀다. 한동안 그 뜻을 헤아리지 못해 답답함이 밀려왔다.

"1%대 주담대 갈아타기 홈피에 첫날 8만 명 몰려"

주담대가 뭐지? 내가 모르는 어느 대학교 이름인가? 아니면 줄임말, 합성어? 궁금증을 풀기 위해 기사를 읽어 내려갔다.

"……서민형 안심 전환 대출은 기존 변동 금리 또는 준고정 금리 주택 담보 대출 이용자가 최저 1%의 저렴한 고정 금리로 갈아탈 수 있는 상품이다…….' 결국 주담대는 주택 담보 대출의 줄임말 신조어였다. 주담대란 용어가 우리나라 3대 일간지 중의 하나인 매체에 대문짝만한 제목으로 사용될 정도면 그 단어 자체가 상당히 인지도가 있다는 얘기일 것이다. 나만 모르고 있었다는 자괴감이 드는 것 같았다. 내가 시대에 뒤떨어져도 많이 뒤떨어졌다는 소외감마저 스쳤다.

그러다가 그 어두운 골목에서 빠져나오는 데 제일 먼저 아내가 손을 내밀었다. 그 말을 처음 들어본다. 주위 사람들 몇 명에게 물어봐도 모르는 말이라고 했다. 골목을 벗어나 큰길로 들어서자 점차 안도감과 함께 당혹감 같은 것이 올라왔다. 도대체 우리나라 말과 글의 오남용은 어디에서 끝이 날까?

인터넷을 검색해보니 그야말로 말이 말같이 쓰이는 건지 잘 모를 정도로 말이 수난을 당하고 있었다. 사람들이 마구 만들어 낸 말장난에 정말 말문이 막혔다. 요새 자주 통용되는 '가성비 (가격 대비 성능)'나 '소확행(소소하지만 확실한 행복)'이란 말 등은 차라리 애교로 봐줄 만한 정도였다. '복세편살 (복잡한 세상, 편하게 살자)'이나 '워라벨(Work and Life Balance, 일과 삶의 균형)' 같은 말은 도저히 알아들을 재간이 없다. 특히 '워라벨' 같은 표현은 좋은 직장의 조건으로 중요시되는 실정이라고 하니 기가 막힐 노릇이다. 그렇게 보면 주담대 같은 신조어는 또 아무것도 아닐지 모르겠다.

'자만추'는 무얼 말하는 걸까? 이번에는 지상파 텔레비전 방송에서 이 말을 만났다. 오락 프로그램 출연 진 중에 한 사람이 이런 말을 쓰니 거기 나오는 출연자 중에 그 뜻을 아는 사람도 있었고 모르는 사람도 있었다. 자연스런 만남 추구란다. 흔히들, "그 사람은 내 취향이 아냐."라는 말을 하는 경우가 있는 것처럼 새로운 이성 친구를 만나는 단계에서 쓰이는 줄임말인

가보다. 공영 방송에서 이렇게 신조어를 남발하다 보니 그 말들이 신조어인지 신종 언어인지, 정식 언어인지 아닌지조차 종잡을 수 없다. 새로운 줄임말이라는 게 결국 누가 먼저 그 말을 만들어내느냐의 차이가 있을 뿐이라는 생각이 들 정도다.

한류 바람을 타고 전 세계적으로 우리나라 한글을 배우겠다는 젊은이들이 늘어나고 있다는 소식을 반갑게 듣는 요즘이다. 지난 평창 동계 올림픽에서도 닿소리 'ㅍ'과 'ㅊ'으로 형상화한 엠블럼을 사용한 것은, 가장 한국적인 것이 가장 세계적인 것을 만든다는 취지에서였다고 한다. 'ㅍ'이 상징하는 의미는 하늘과 땅, 그리고 그 사이 사람들의 화합, 즉 천지인이다. 'ㅊ'의 의미는 눈과 얼음, 그리고 스포츠 스타들을 말한다. 올림픽 출전 선수들과 대회 관계자들뿐만 아니라 일반인들 사이에서도 엠블럼 티셔츠가 유행했던 것을 기쁘게 생각한다. 연초에는 뉴욕, 밀라노, 파리 등지에서 한글 옥외 광고가 실시되었다는 뉴스도 들었다.

올해로 573돌을 맞는 한글날 노래를 이제 나는 고집스럽게라도 3절까지 다 옮겨볼 생각이다.

1절 강산도 빼어났다 배달의 나라
      긴 역사 오랜 전통 지녀온 겨레

거룩한 세종대왕 한글 펴시니
새 세상 밝혀주는 해가 돋았네
한글은 우리 자랑 문화의 터전
이 글로 이 나라의 힘을 기르자

2절　볼수록 아름다운 스물넉 자는
그 속에 모든 이치 갖추어 있고
누구나 쉬 배우며 쓰기 편하니
세계의 글자 중에 으뜸이도다
한글은 우리 자랑 민주의 근본
이 글로 이 나라의 힘을 기르자

3절　한 겨레 한 맘으로 한 데 뭉치어
힘차게 일어나는 건설의 일꾼
바른길 환한 길로 달려 나가자
희망이 앞에 있다 한글 나라에
한글은 우리 자랑 생활의 무기
이 글로 이 나라의 힘을 기르자

구구절절이 새록새록 한글의 독창성과 우수성을 드러내고 있다. 자긍심이 절로 든다.

'그녀'라는 말이 외국식 표현에 근거한 것이니 되도록 쓰지 말아야 한다는 국어 학자의 주장이 이제는 시대에 맞지 않는다고 말하는 지인이 있다. 표준말의 정의가, "교양 있는 사람들이 두루 쓰는 현대 서울말"이라는 원칙을 근거로 그리 반론을 제시한다. 똑같은 이유에서, 이제는 표준말의 기준도 바꾸어야 할 것이다. 그렇지 않으면 무수히 발생하고 범람하는 신조어 등을 어떻게 할 것인가? 그 말들도 위 세 가지 원칙에만 맞으면 표준어로 삼아야 한단 말인가? 코페르니쿠스적 전환이 요구되는 시대를 맞고 있다.

이제는 방송이나 신문에서 한글 사랑 운동을 제대로 전개해야 할 시점이다. 그리고 소위 글 쓰는 사람들부터 앞장서서 우리말을 잘 써야 할 것이다. 그것은 책무이자 사명이다. 독초처럼 자라나는 언어유희성 말들을 지금부터라도 뽑아내야 한다. 언어는 살아 움직이는 것이기에 시대에 따라 변할 수 있다. 그러나 그 변화 속에서도 한글의 독특한 아름다움은 언제나 유지되어야 한다.

오늘 밤에는 우리말에게 연애편지라도 한 장 쓰고 싶은 심정이다.

(2019년 9월)

내게도 천사가

아무래도 출발이 시원치 않았다. 주차 전용 빌딩에서 내려오면서부터, 계속 뭔가 불안한 기운이 엄습해왔다. 마침 지나가던 직원 한 명이 내게 소리쳤다. 불길한 예감은 현실로 바뀌며 정확히 내 가슴에 명중했다. 자동차 바퀴에 구멍이 난 것이었다. 자동차가 움직이기 시작한 후, 5층 빌딩에서 한 개 층을 다 돌아서 내려오도록 차바퀴에 바람이 빠진 것을 나는 모르고 있었다. 아니, 펑크 난 사실을 애써 외면하고 싶어서 그냥 모른 척하고 운전을 계속했다는 말이 더 바르다고 해야겠다. 설마 진짜로 펑크가 난 건 아니겠지 라고 혼자 우기며 억지를 부렸다.

타이어 펑크는 그저 남의 일인 양 무심코 넘겨 왔다. 그도 그럴 것이, 이민 온 이후 지금까지 십 수 년 동안 내게 한 번도 일어나지 않았던 일이기 때문이다. 급작스럽게 이런 상황에 처하다 보니, 우선 당황스러웠다. 어디서부터 손을 대야 할지 앞이 캄캄했다. 등줄기엔 땀이 흐르고 목이 타들어 갔다. 여분의 바퀴(스페어타이어)로 교체하려고 공구를 찾으니 차를 들어 올리는 기구 잭크 (Jack)가 보이질 않았다. 그야말로 날벼락을 맞은 심정이었다.

일단 자동차를 주차 전용 빌딩과 가까운 거리에 있는 간이 주차장에 세웠다. 그곳은 잠시 휴대 전화기를 사용하거나 아는 사람들을 기다리고자 할 때 쓰이는 공간이다. 주차 전용 빌딩은 우리 회사뿐만 아니라 무려 예닐곱 개가 넘는 회사가 공동으로 사용하는 공간이다. 당연히 그러나 어쨌든 고맙게도 몇몇 사람이 간이 주차장에 있었다. 내 차 바로 옆에 주차한 어떤 사람에게 염치 불구하고 도움을 청했다. 낯선 이로부터 갑자기 잭크를 잠시만 빌려 쓸 수 있겠냐는 부탁을 받은 이의 표정은 몹시 난감할 수밖에 없었다. 자동차 크기가 다르니 자기 잭크가 내 차에 맞지 않을 거라면서 빌려주기를 망설였다. 행여 제 잭크가 망가지기라도 하면 어쩔 거냐는 어투가 느껴졌다. 어쨌든 시도라도 한번 해보자는 내 청에 못 이겨, 의심 많은 그 사람이 드디어 잭크를 주섬주섬 내주었다. 막상 받아 들고 보니 한 번도 사용하지 않은 새것이었다.

왕년의 실력을 발휘해서 이젠 내가 바퀴를 바꿔 끼기만 하면 되었다. 그러나 웬걸, 시작부터가 문제였다. 나사가 얼마나 세게 조여졌던지 좀처럼 풀리지 않았다. 보통은 전기 기계로 나사를 조이거나 풀기 때문이었다. 나사 푸는 공구 위에 발을 딛고 올라서서 어렵사리 힘을 여러 번 준 후에 겨우 풀기 시작했다. 비가 오려는지 날씨가 끄물끄물하고 더웠다. 이따금 모습을 드러내는 10월의 햇볕은 한여름의 그것과 다를 바 없었다. 순식간에 온몸을 땀으로 범벅이게 했다. 옷은 어느새 흥건히 젖어 들고 얼굴은 벌겋게 달아올랐다. 바퀴에는 못이 박혀 있었다. 그러니까 날벼락이 아니라 못 벼락이었다.

처음엔 냉랭하던 잭크 주인도 내 진지한 수리 모습에 마음이 동한 건지, 안쓰러움을 느낀 건지 차차 내게 따뜻한 말을 건넨다. 혹시 요사이 공사장 근처를 갔다 온 적이 없느냐며 겸연쩍게 웃는다. 자기 식구들과 만나기로 한 시간에 맞춰 지금 출발해야 하지만, 괜찮단다. 너무 서두르지 말고 천천히 고치란다. 뒤이어 내가 한 말은, "당신을 만나기 전에는 지옥이었지만, 지금은 천국이다. 당신은 내게 천사다! 오늘."

감사하는 마음으로 사례비를 건네주려 했으나, 한사코 사양했다. 고마운 마음만 받겠다고 했다. 그제야 우리는 서로 통성명을 했다. 나는 어디에서 근무하는 누구이니, 다음에 꼭 연락해 달라며 내가 천사에게 신신당부했다. 오늘 만난 천사의 이름은 랠프(Ralph)다. 바로 그 천사 덕분에, 비교적 빨리 임시 조치를 할 수 있었다. 상황 발생 후 바퀴 교체까지 불과 한 시간도 걸리지 않았다.

단골 정비소로 곧장 가서 정식으로 수리하고 스페어타이어를 다시 트렁크 제자리에 장착시켰다. 정규 타이어로 교체하는 과정에서 역시 전기 기계로 나사를 세게 조이는 것을 보았다. 나사 풀 때를 생각하면 너무 단단히 죄지 않기를 바라지만, 그래도 잘 풀리지 않아야 안전하다는 생각에 그냥 세게 죄도록 내버려 둔다. 바로 조금 전에 그렇게 애쓰면서 고생한 기억은 다 어디로 갔단 말인가. 고생 따로, 실천 따로, 그때그때 생각이 변하니 나도 어쩔 수 없는 간사함을 지녔다.

집에 와서 자동차 설명서(Owner's Manual)를 자세히 살펴보니, 잭크는 엉뚱하게도 운전석 밑에 두도록 규정돼 있었다. 천천히 그곳을 확인해 보니 거짓말처럼 잭크가 거기에 숨어 있었다. 나는 의당 트렁크에 잭크가 있을 줄 알았다. 그동안 내가 보아 왔던 차는 모두 트렁크에 잭크를 비치하고 있었으니 말이다. 그래서 처음에는 자동차 판매 업소에 무조건 전화해서 단단히 항의할 생각도 가졌었다. 왜 새 차에 제대로 공구를 갖춰 놓지 않았느냐고. 성급하고 편협한 내 모습이 눈에 보이는 듯했다.

내가 평소에 자동차 설명서를 어지간히도 안 본다는 얘기다.

아니, 제 자동차에 대한 기본 정보도 갖고 있지 않다는 소리다. 하다못해 잔디 깎는 기계를 하나 사고 나서도 기계 작동법을 자세히 읽어보는데, 어떻게 자동차에 대해서는 그렇게도 무심할 수 있었을까. 못된 주인을 만난 내 차는 그동안 무던히도 내 무관심을 참아냈다.

박혀 있던 못은 사실, 미리 알아차릴 수 있던 것이었다. 그냥 작은 돌 하나가 바퀴 무늬 사이에 끼어 있을 뿐이라고 착각했던 것이 화근이었다. 며칠 전부터 작은 불씨가 이미 번지고 있었던 게다. 그때 제대로 살펴보았더라면 좋았을 것이다. 호미로 막을 일을 가래로 막은 격이다.

그러나 한편으로는 가래로라도 막을 수 있었던 게 얼마나 다행인지 모른다. 덤으로 천사를 만나는 행운도 누렸다. 곁에서 자초지종 이야기를 다 듣고 난 아내는 내게, 우리도 다른 사람을 돕고 살자며 새삼스럽게 말했다. 천사가 될 수 있는 기회를 그냥 넘기지 말자는 뜻으로 알아들었다.

누구에게나 비 오는 날, 갠 날이 있듯이 펑크는 내게도 일어날 수 있는 일이다. 오히려 그런 불상사가 안 일어나면 이상한 게 인생일 것이다. 천둥 치며 폭우가 쏟아지다가도 금방 햇살이 비치는 요즘 날씨에서, 변화무쌍한 삶의 시간표를 읽는다. 자동차 바퀴에 펑크(구멍) 한번 난 것을 가지고 생의 여정 자체에 펑크(오류)가 생긴 것으로 여길 수는 없다.

말끔하게 자동차 수리를 마치고 나니 내 마음도 먹구름 한 점 없는 맑은 하늘같았다. 어려움에 빠진 사람에게 누군가 주저없이 천사가 돼 줘야 한다면, 이제는 내 차례다. 내게도 천사가 왔듯이.

그 사람이 사는 법

그 사람의 아버지가 돌아가셨다. 아흔넷의 세월이 결코 짧은 생은 아니겠지만 그렇다고 호상(好喪)이라는 말을 냉큼 갖다 붙일 수는 없다. 호상인지 아닌지는 오직 상주(喪主) 입장에서만 결정할 일이다. 어떻게 사는 게 잘 사는 걸까?

그를 맨 처음 만난 것은 내가 처음으로 집을 장만하려고 하던 때다. 사람은 처음 봤을 때의 2초간 시간이 아주 중요하다고 한다. 그때 느낀 순간적인 첫인상이 그 사람과의 관계를 좌지우지한단다. 명함에서 사진으로 보았던 얼굴과는 다른 모습이었다. 사진에서의 말끔한 용모보다는 구수한 실물 외모가 더 빛을 발했다. 사람 얼굴에서 신뢰가 읽힐 수 있다는 걸 그때 새삼스레 다시 알게 되었다. 언제나 우리 부부 사정을 먼저 물었다. 만날 시간은 언제가 좋은지, 어느 지역을 선호하는지, 무슨 항목에 중점을 두는지, 가격대는 어떤지 등등.

여러 집을 보러 다니면서도 한 번도 이 집이 좋다, 저 집이 좋다고 권유하지 않는다. 그저 주택 소개와 그 주변 정보 제공에 집중하고 정확한 사실 전달에만 최선을 다한다. 어느 특정한 매물에 아내와 내가 조금 관심을 보이면 그제야 전문가로서의 부가 의견을 제시하고, 자기가 만약 구매자 입장이라면 어떻게 할 것 같다는 말을 한다. 그러나 어떤 경우에도 그 집을 사라 말라고는 절대로 얘기하지 않는다. 당사자에게 최대한 선택권을 주고 싶어 하는 마음이 묻어난다.

며칠을 그와 같이 다니다가, 나는 직장 때문에 아내가 그와 함께 집을 보러다니는 경우가 많아졌다. 내가 그와 며칠 돌아다녀 보니 부동산시장에 집은 얼마든지 있었다. 마땅한 집이 없는 게 아니라 알맞은 돈이 없는 것이었다. 그렇게 한 주일이 더 지나고 무려 오십여 채의 집을 본 후에 한 집이 결정되었다. 우리가 처음 며칠 동안 본 집 중의 하나였다. 매물이 결정되고 나니까 비로소 그는 정말 좋은 집을 골랐다는 말을 우리에게 했다. 듣기 좋으라고 한 말일지 모르겠으나 전혀 빈말처럼 들리지 않았다.

소비자에게 충분한 시간을 주고 동행하며 같이 살펴봐 주는 것, 수요자의 요구 사항을 어떻게든 수용하려고 애쓰는 것, 언제나 웃으며 상대방을 대하는 것, 정확한 정보와 말끔한 업무 처리로 전문성을 갖춘 점 등 그에게는 철저한 직업 정신이 배어 있다. 그래서 더 인간적이라면 아이러니일까. 그의 얼굴에는 '믿음'이라는 글자가 적혀있다.

아이 둘이 모두 그 집에서 초등학교 고등학교 대학교를 마쳤다. 그 집을 떠나 이사해보니 그 집이 정말 좋은 줄 알 수 있었다. 사람은 그 시절이 좋았던 줄을 그 때가 지나고 나서 나중에서야 아는가 보다. 내가 고등학교 다닐 때도 그랬다. 어서 그 입시 지옥을 벗어나 자유 분망한 시간을 갖고 싶어 했으니 말이다. 얼마간 지나고 나자 고교 시절이 정말 황금 같던 시기였음을 알게 되었다. 그래서 닐 다이아몬드(Neil Diamond)도 그의 노래에서, "좋은 시절은 결코 좋게 보이지 않았다(Good times never seemed so good)."라고 했는지 모르겠다. 사시사철 돌아가며 꽃을 피워내는 나무들, 새가 지저귀고 토끼도 들락거리는 그런 뒤뜰이 있었고 이웃이 가족처럼 지냈다. 그 집이 좋은 줄 알 때마다 그 사람도 좋은 기억으로 점철되곤 하였다.

우리 집을 소개해 준 그 이듬해에 그는 성당에서 구역장으로 일하더니 몇 년 후에는 사목회장으로 임명되어 꾸준히 봉사 활동에 참여하였다. 청소나 주차 안내 등의 자질구레한 일에도 항상 그가 구석에 있었다. 그만의 본래 심성이 어디로 가겠는가. 그간 네 차례에 걸쳐 각 회장의 2년 임기가 지났지만, 그의 선한 물결이 파도를 넘고 바다처럼 출렁이며 오늘까지 사람과 사람에게 아름다운 울림으로 내려오고 있다. 그가 사는 방법은, 없는 듯 사는 것이다. 다 비우며 살려는 모습이 보인다. 그 사람이라고 왜 욕심이 없겠는가? 하지만 적어도 그 한계에 갇히지 않으려고 노력하는 건 확실하다. 그렇다고 그가 성인처럼 사는 건 아니다. 음악에 재능이 있어 밴드 멤버로 활약하며 드럼을 연주하기도 한다. 나름대로 골프 실력도 수준급이다. 그가 그 없이 사는 것은 역설적으로 그의 존재를 내게 아니, 사람들에게 더 잘 각인 시켜 주는 결과를 낳았다. 없는 듯 있는 듯이 사는 그의 생활 방식은 세월이 지나며 내게 생활의 지혜로 자리매김하게 되었다.

그 사람은 이미 알고 있었다. 온전히 내어줄 때 온전히 내 삶을 가질 수 있다는 것을. 그게 바로 내가 내 삶의 주인이 되는 방식이라는 것을. 그때에야 비로소 사랑이라는 말을 할 수 있다는 것을.

나는 그의 부친을 잘 모른다. 부전자전이란 말이 있듯이 그는 틀림없이 아버지 피를 물려받았을 것이다. 장중한 미사곡 대신, 망자를 위한 위령곡이 울려 퍼지는 가운데 어느새 성당 안이 인파로 가득 찼다. 그 사람이 사는 법, 그것은 사람을 부르는 법이었다. 죽어서도 사람은 사람을 부른다. 내 죽음에는 과연 얼마나 사람이 찾아올까?

없는 듯이 살자.

그게 정답이다. 행복해지고 싶으면 그대, 그렇게 살지어다. 그러면 혹시 투명인간 취급을 받더라도 서운하지 않을 것이다.

그가 사는 법을 나는 반만이라도 따라 할 수 있을까.

윤 종 호

- 다시 쓰는 〈소나무 송(頌)〉
- 글동무 원경란 님께
- 해 뜨는 그 집
- 순간(瞬間)의 힘

johnnyyoon48@hotmail.com

순간은 과거와 미래를 가르는 '지금'이란 짧은 시간이다. 너무 짧아서, 그 중요성은 간과되기 쉽다. … 찰나가 인간의 행·불행을 갈라 놓거나 목숨을 거두는 것도 보았다. 바로 내 눈앞에서 불꽃을 튀기며 운명의 방향을 틀어 놓기도 했다. 그럴 땐, 인간을 영원으로 바로 인도하던 '순간'의 결정적 힘이 얼마나 엄숙하고 위력적이던지.

　　　　　　　　　　　　　　　　　　　　　　　　　－본문 중에서

다시 쓰는 〈소나무 송(頌)〉

나는 몇 해 전 〈소나무 예찬〉이란 수필로 캐나다 문협에 등단했다. 생각하면, 솔은 한두 마디 칭송으로 넘길 나무가 아닌 것 같다. 솔의 모습과 향기를 가슴에 품은 나의 '소나무 사랑'은 시간과 장소에 매인 게 아니다. 더구나 손수 지은 아호 '해송(海松)'이 내 삶의 지팡이 역할을 하고 있음에랴.

솔의 씩씩한 기상에 내 가슴은 뛴다. 옥토 박토를 가리지 않고, 설 자리가 유리할까 불리할까를 따지지 않는 그 품성도 믿음직하다. 주위의 활엽수들이 넓은 잎 고운 단풍을 뽐내는 데서도 기죽지 않고, 심산유곡에서 길 잃은 사슴을 벗해 살아도 외로워하지 않는다. 해풍 부는 바닷가 둔덕이나 눈보라 치는 겨울 산정에서 견디는 의연함은 그대로 가 산이요 자연이다.

뾰족한 그 잎은 뭇 새의 희롱을 반길 수 없으니 산새가 불평하려나? 고상한 네 내음이 잡초와 벌레의 접근을 막아서 재미없는 녀석이라 치부될 때도 있겠지. 너의 큰 덕은 못 보고, 한때의 아쉬움만으로 떠드는 참새들의 수다에 일일이 애 끓일 필요는 없을 것이다. 군자의 사귐은 담담하기 물 같다 했거늘, 한결같은 음성으로 들려주는 네 노래의 가치를 그들이 알기나 할까?

네 잔잔한 미소는 바로 솔바람이다. 그 노래는 진달래가 산을 물들이던 봄날 아침에, 녹음방초 우거진 한여름에, 기러기가 텅 빈 하늘을 울리는 가을밤에도, 시린 눈바람 속에서도 한결같았다. 모두가 생존을 위해 표정과 모습을 바꾸어도, 너는 변함없는 자태로 서 있다. 철 따라 겉모습을 바꾸는 것은 자연에 순응하는 생물의 순리인데, 넌 얼굴 단장도 사치라 여기는지. 오는 계절을 반겨 분칠쯤 하는 것이야 누가 뭐라고 하랴만, 한때의 꾸밈조차 사치라 여기는 듯. 너를 두고 충신열사의 기개라던데 빈말이 아님을 새삼 확인한다.

세상 수다에 변명도 없이 참고 견디는 덕성은 송(木+公)이란 이름자처럼, 네가 나무 중의 군자임을 드러낸다. 사는 곳과 계절의 춥고 더움을 가리지 않는다지만, 속으로 옳고 그름의 생각마저 없었을까. 말 없는 헌신에도 세상은 흔한 것을 빌미로 아는 척도 아니 한다. 지극한 희생은 자연스러워, 없어지기 전에는 우매한 인간이 깨닫지 조차 못한다. 아쉬운 소용만 채우면 등을 보이는 이들의 버릇이야 오랜 경험으로 눈치 챘겠지만,

미안하다는 인사는 내가 대신해 주마.

활엽수의 화려한 잎은 가을비 한 자락에 얼굴색을 바꾼 채 흙 속에 숨었다. 그 변신이 인정의 변화를 빼닮았다. 어느 것인들 대자연의 모습이 아니겠냐만, 눈바람 치는 빈산을 머리털 곤두세우며 지키는 임자는 바로 너다. 나는 네 믿음직한 기백과 굳건한 지조를 가슴에 담는다. 얇은 인심은 때로 옳고 그름의 판단조차 하기 싫어하고, 눈앞의 이익과 안락만을 좇는구나. 오직 네가 있어, 변치 않는 존재의 고마움과 묵묵한 헌신의 의미를 되새기게 한다. 마른 솔잎을 몰래 떨어뜨리던 그 날도 너는 새잎을 미리 준비한 뒤였으니, 변치 않는 푸른 기상을 보여주는 네 고뇌를 누가 알랴.

변해야 좋을 것과 변하지 않아야 할 것이 있다. 어느 쪽도 나름의 의미를 지닌 채로…. 내 사랑 솔의 불변성은 그 한편을 오롯이 대변함에 손색이 없다. 나는 정신을 가다듬어 너의 덕성을 짚어본다. 세파에 흔들리려는 마음을 지레 단속하기 위함인지, 변화로운 세상에서 변치 않는 것에의 그리움 때문인지…

이렇듯 널 깊이 사랑하는 나는 전생에 소나무였나? 그런데 너처럼 한 곳에 뿌리내리지는 못하고, 태평양마저 건너뛴 시대의 유목민이 되었다. 동서양에 생의 뒤안을 돌아온 나그네 마음은, 그리움이 복받칠 때면 고향 뒷산 솔숲으로 날아가 상념에 잠긴다. 솔 향은 벗을 반겨 휘감으니, 추억이 바로 어제 일 같이 피어난다.

　내 마음의 고향인 솔숲에 끝내는 나도 흙이 되고 산을 이루며, 영원토록 푸른 기상을 노래하는 솔바람이 되고자.

글동무 원경란 님께

"나도 아호(雅號)가 하나 있었으면⋯⋯." 바람결에 실린 그대의 탄식은 나비가 되어 귓전에 내렸답니다. 월초의 L선생 저서 출간 회 자리였지요. 어쩐지 허전하십니까? 그렇다면 하나 장만해야지요. 우리 또래의 날이 뭐 그리 길까요? 그것도 이름인데, 특별한 사람들만 가지는 건 아닐 겁니다. 글짓기를 열심히 하는 예순 후반의 문학도가 정신적 지팡이 삼아 아호를 붙인대서 이상할 것 하나 없습니다.

상용(常用)한자에 좀 친숙하고 지리 역사에 관심이 많을 뿐인 나에게, 어찌해 그 부탁을 했을까? 생각하니, 느지막이 문인협회의 일원이 되며 海松이라 자호(自號)하던 일과, 지난해 내가 쓴 〈작명 풍조〉란 글이 원인이었겠군요. 한국 문학의 길을 함께 가는 동지요 수필 공부에 정열을 다투는 글동무인데, 할 수만 있다면 도와야지요. 그러나 나는 직업 작명가들이 금과옥조로 여기는 사주에는 믿음을 두지 않으며, 숫제 무지하다는 사실을 미리 밝힙니다.

여러 날 궁리하다, 예사롭지 않은 그대의 한(恨)이 떠올랐답니다. 우리 민족의 비극으로 강보에 싸여 떠났으나, 꿈속에도 돌아가길 바라는 곳이 있지 않습니까? 그대는 동해안 북단에 안식처도 마련했다지요? 아스라이 보이는 해금강 일대는, 그 어디쯤 묻힌 얼굴도 모를 선친이 손짓하고 누대의 조상님들이 흙이 되어 산을 이룬 데가 아닙니까?

눈 감은 채 고성(高城) 땅을 그려봅니다. 금강산 줄기가 혹은 맺히고 혹은 춤추며 동해로 뛰어듭니다. 차아(嵯峨)한 봉우리들이 다투어 하늘을 찌르는데, 산의 낮은 허리를 감고 달아나는 계곡물과 천 길 벼랑에 쏟아 붓는 폭포수 소리는 그대 목소리처럼 산천을 울립니다. 온갖 형상의 바위들이 동해의 물거품에 멱을 감는 해금강도 눈앞에 펼쳐집니다. 나는 일대 경관에 취해 비몽사몽간을 헤매고 있는데, "금강산과 관련해 짓지 않고 뭘 꾸물대는가?" 하는 큰소리에 놀라 깨었습니다. 소리 임자가 그대 선친의 넋인지, 금강의 산신령인지는 모르겠습니다.

금강산은 철 따라 "봉래. 풍악. 개골"의 별칭을 지닌 산이지요. 그대가 6월생이라, 그중에서 "봉래"를 불러냈습니다. "봉래"(蓬萊)란 전설에 불로불사의 신선이 산다는 영산(靈山)입니다. 고향 산천의 이름을 아호로 쓴 예는 흔하지요. 부드럽고 어울릴 듯하니, "봉래" 두 글자를 붙들었습니다.

화랑의 전설이 깃든 삼일호(三日湖)는 수려하기로 으뜸이지요. 주위의 기괴한 바위들, 멀리서 옹위하는 서른여섯 개 산봉우리가 호수에 뜨는 풍광입니다. 수면을 뚫고 오른 봉오리들은 꼬마 섬이 되었는데, 그중 하나가 "무선(舞仙)"입니다. 여성 작가의 필명으로 그럴싸하지 않습니까? 이로써 문학적 창의력을 발휘하면 '날개옷을 휘감은 선녀가 춤을 추듯' 멋진 글을 지으실지도?

아호를 짓고 있자니, 내가 그대의 두루마기를 만드는 것 같습니다. 옷을 짓는 나는 몸에 맞게 하느라 정성을 쏟지요. 특히 겉옷은 옷걸이가 중요할 뿐 아니라, 걸음걸이와 행동거지도 어울려야 맵시가 난답니다. 그러니 높은 소망을 담은 아호에 걸맞아지려면 창작의 열의를 한층 높여 풍성하게 존재하시는 게 좋을 듯합니다. 작명자의 역할은 뜻이 깊고 부르기 좋은 글자를 찾는 데서 끝이 납니다. 아호에 서린 높은 기상과 웅혼한 규모가 그대에게 부담감을 느끼게 할지 새로이 걱정입니다. 이름값하기가 쉽지는 않기 때문이지요.

부탁을 받은 이래, 나는 식견의 부족함도 잊은 채 작명에 빠져 지냈습니다. 짧은 기간이었으나, 마음 설레던 순간들은 그대가 주신 선물이었답니다. 처음엔 기세 있게 팔을 걷어붙였지요. 그러나 시대에 어울리는 아호는 고사하고 고답적이며 시골스러운 결과물을 낳았으니, 제 부족한 능력을 거울에 비춰보는 것 같아 부끄러워집니다.

뿌리 뽑혀 신산(辛酸)하던 세월에 섭섭했던 마음일랑 거두세요. 후손에 둘러싸여 선친보다 갑절이나 긴 생을 누리는 그대는 이미 튼실한 뿌리가 되었습니다. 그대로가 치유입니다. 아호가 상징하는 신령한 힘으로써 그대 영혼이 그리운 곳, 그리운 이를 맘껏 해후하게 하소서. 드높은 창작 열의로 멋있는 문학인으로 거듭나소서.

"봉래(蓬萊)", "무선(舞仙)"이 행여 사랑을 받아 그대의 문장 앞에 쓰인다면, 그 자체가 내겐 기쁨이고 영광일 것입니다. 천천히 살펴서 결정하십시오.

정유 삼월 말 *海松* 윤종호 씀

해 뜨는 그 집

일출의 빛은 찌르듯 강렬해서 생기가 넘친다. 저녁놀에 눈물 짓던 이도, 일출을 대하면 희망의 기운을 받을 것이다. 미시사가 시에서 입주한 곳은 해 뜨는 집이었다. 험한 고비에도 정신줄을 놓지 않았음은, 매일 보는 해돋이에 힘을 받고 비둘기들의 방문에 희망을 품었기 때문이리라. 거긴 고층 아파트 꼭대기 층으로서, 동편으로 큰 공원이 눈 아래 펼쳐졌고, 토론토를 동서로 관통하는 '블루어 스트릿' 서쪽 끝이 저만치 보였다. 겨울엔 토론토의 상징인 'CN 타워' 방향으로 옮겨가지만, 봄부터 가을까지는 블루어 거리 위쪽으로 해가 뜬다.

60대 초에, 경제 활동을 접고 한동안 병원을 들락거려야 했다. 건강, 물질 양면에서 많은 것을 뺏겼다고 생각한 나는 엄중한 현실 앞에 의기소침했다. 일출 무렵, 비둘기 서너 마리가 식당 창문턱에 와서 유리창을 경계로 나랑 대면하기를 여러 달, 우리는 그렇게 낯을 익혔다. 그해 겨울, 남쪽 베란다에 쌓아둔

짐 더미에 입주한 한 쌍이 알을 낳고, 품는 내내 단식고행 했다. 그 모습이 애처로워서 물과 모이를 주러 갔더니, 그 녀석은 달아나지도 않고 내 얼굴을 요리조리 살폈다. 공원과 숲이 눈과 얼음에 덮여서, 친지 집 한편에 둥지를 틀게 되었노라고 양해를 구하는 사람처럼.

신의를 지켜야 할 인간이 약속을 깨뜨리면 상대방에게 낭패감을 준다. 나는 같은 신앙 공동체의 일원이라서 믿었던 동포 건물주에 편취를 당해서 경제적으로 바닥을 치고, 몹쓸 병까지 얻었던 때였다. 인생의 문법을 달리하는 무뢰한이 돈만 밝히면 동포의 의리도, 종교의 가르침도 장식으로 만든다. '나'만 알고 수단 방법을 가리지 않는 인간들이 나대는 이민 사회에, 나는 어쩌자고 '우리'를 마음에 품고 물렁물렁하게 살았던지. 해님은 나 같이 허술한 사람 하나도 빠뜨리지 않고 광명과 희망을 나눠 주시건만….

인간사 중의 큰일들은 내 사정 따윈 살피지 않고 연이어 닥쳤다. 나는 어머니 아버지의 영별, 아들의 결혼식 등으로 태평양을 뻔질나게 넘나들었다. 물질을 앗기고, 큰 수술로 몸놀림도 불편해진 때라, 생각은 한없이 겸허해지고 행동은 물 뿌린 재처럼 차분해졌다. 빼앗아 갈 수도 없을 정신만은 또렷하였으나, 그것도 혼자의 정신이지 밖으로 드러낼 무엇도 못 되었다. 고지

식한 성정이 궁지에 처해서도 비굴한 모습은 보이지 않으려는 아집이었을 것이다.

동틀 무렵, 해님은 전령을 보내서 사십 킬로미터 저편 '영 스트릿'의 검푸른 지평선에 불을 지핀다. 토론토를 남북으로 꿰는 그 거리는 고층 빌딩이 새벽어둠 속에 회청색 울타리를 얼기설기 친 곳이다. 그 틈새로 레이저 팔을 살며시 집어넣은 해님은 새벽녘 도시 실루엣을 태울 기세로 진홍색 손을 이리저리 휘젓는다. 잠시 그런 다음 힘차게 솟으면, 세상이 온통 찬란하고 붉은빛으로 물든다. 절망의 골짜기에서 만나는 일출은 내게 감격과 기대를 주기에 충분했다. 아침 식탁에 둘러앉은 가족의 안색에는 복숭앗빛이 어리었고, 눈동자는 석류알처럼 반짝였다. 그 기운을 쐬면 겨울에도 한나절을 훈훈한 기분으로 보냈다.

베란다에서 싸우는 소리가 시끄럽던 어느 날 밤의 일이다. 3주째 품고 있던 비둘기 알 두 개를 청설모가 우격다짐으로 탈취했다. 하나는 먹고 다른 하나는 떨어뜨려서 시멘트 바닥을 노랗게 칠했다. 동물계의 약육강식 생리를 모르지 않지만, 야비한 쟁투뿐이라면 공존의 평화는 어떻게 이루는가? 미물들 간의 일이라지만, 내 집 앞마당에서만큼은 살벌한 싸움을 두고 볼 수 없었다. 더구나 며느리의 해산달이 임박했던 때였다. 동병상련의 심정이 된 나는, 베란다를 밤낮 기웃거리던 청설모를 내쫓고 비둘기의 요람을 지키는데 팔을 걷어붙였다.

이른 봄날, 비둘기는 다시 알을 낳고 품었다. 이번에는 빨간 몸뚱이의 새끼가 부화했다. 깃털도 없는 아기 비둘기는 짐 더미 위로 종종거리며 놀더니, 열흘 만에 날개가 돋아났다. 어미는 새끼를 사 오 일간 비행 연습시킨 후 사라졌다. 태어난 지 보름 만에 훌쩍 자란 새끼도 3월의 하늘로 날아갔다.

4월에 태어난 손자는 잿더미에 돋은 새싹이었다. 조막만 한 아기가 많은 것을 단념했던 할아비의 눈을 번쩍 뜨게 했다. 끊어진 줄로 짐작해 마음에서 지워버렸던 길이 다시 보였다. 조각난 의욕과 흩어진 삶의 이유를 하나씩 챙기고, 지팡이 삼아 일어나던 과정에 해님의 자비가 스몄는지, 신의 긍휼한 손길이 스쳤는지는 알 수가 없다. 때로는 환경이 인간의 삶을 인도하거나 지배한다. 칠흑 같은 어둠마저도 여명(黎明)이 오면 희석이 되고, 해가 뜨기 전에 사라지는 것을 본다. "사는 곳을 가린다.", 또는 "장소를 가려서 앉는다."라는 옛말도 그래서 생겼을 것이다.

아득한 날 노아의 방주에 새싹을 물어다 준 비둘기처럼, 해돋이를 보던 그 창문턱의 비둘기들이 나에게 새 삶의 희망을 알리는 전령이었나 보다.

요즘도 비둘기들이 놀러 오는지? 겨울이면 '해 뜨는 그 집' 창가 소식이 궁금해진다.

순간(瞬間)의 힘

인생을 흐르는 물이나, 풀잎에 맺힌 아침 이슬에 견주기도 한다. 생명을 가진 존재는 장단의 차이만 있을 뿐 덧없다. 삶은 순간의 연속이다. 칠십 년 팔십 년도 순간의 집적이다.

그러나 긴 세월이 튼실한 동아줄로 보장된 것은 아닌가 보다. 학교에 다닌 이후만 돌아봐도 세상을 일찍 떠난 친구들이 많다. 열 살 전후에 귓병이나 복통으로 시시하게 가버린 녀석들도 여럿이다. 이십 대에는 월남전에서, 또 나보다 강건했던 이들이 중년에 간 경화나 혈관 질환으로 훌쩍 떠났다. 일찍 간 그들은 타고난 약점을 잘못 관리했을까, 아니면 위험한 순간에 조심하지 못했던 것일까?

나는 매 순간을 자력으로 헤쳐 왔던가? 주위의 직간접적 도움으로 건넌 세월의 강이 아니었겠나. 위험한 고비에 마음 졸이기도 했지만, 아찔한 궁지에서 인간의 능력을 넘는 손길에 이끌릴 때도 있었음은 부인할 수 없다. 그런 기억까지 더듬으면 내가 행운아인 것 같아, 감사할 뿐이다.

순간은 종종 영원으로 이어진다. 교통사고로 죽는 사람을 보면, 내 목숨도 찰나(刹那)에 매인 듯하여 으스스하다. 사람은 망각의 동물인지라, 그런 끔찍한 장면도 쉬 잊는다. 유리한 기억을 간직하며, 싫은 것은 지우고 싶은 본능이 작용했을까.

행·불행이나 생사가 순간에 달렸음은 여러 번 체험했다. 특히 잊지 못할 사건은 회사 다니던 삼십 대 시절의 일이다. 우리 U 영업소가 6개월간의 치열한 경쟁을 거쳐 전국 최우수상을 받았다. 덕분에 나는 2주간의 미국 포상휴가를 다녀왔다. 금품으로 직원들을 격려하고, 80명 전원을 불러와 걸쭉한 잔치도 베풀었다. 호사다마라더니. 귀갓길에 승용차 중 하나가 도로 난간의 시멘트 턱을 스치면서 스파크가 일어나 불이 붙으며 전복되었다. 그 사고에 동료 세 명이 죽었다.

눈 깜짝할 순간에 삶을 종식당한 그들 중엔, 5대 독자도 신혼의 가장도 있었다. 우여곡절 끝에 회사장을 치르던 날, 영안실 앞마당에 관이 나올 때마다 내가 상주 노릇으로 세 명의 발인제를 따로따로 치렀다. 영광의 꼭대기로 끌어올리던 운명의 손길이, 순간에 변심하고 손을 뿌리친 것도 모자라 지옥의 문전에다 나를 내동댕이쳤다. 안전을 위한 주의를 끝까지 기울이지 못했던 내 불찰은, 아까운 젊은이들을 비명에 가게 했다는 자책감으로 평생 따라붙었다.

순간은 과거와 미래를 가르는 '지금'이란 짧은 시간이다. 너무 짧아서, 그 중요성은 간과되기 쉽다. 사람이 항시 분초를 다투듯이 긴장해서 살 수는 없겠지만, 찰나가 인간의 행·불행을 갈라놓거나 목숨을 거두는 것도 보았다. 바로 내 눈앞에서 불꽃을 튀기며 운명의 방향을 틀어 놓기도 했다. 그럴 땐, 인간을 영원으로 바로 인도하던 '순간'의 결정적 힘이 얼마나 엄숙하고 위력적이던지. 그런 절체절명의 순간에도 나는 종종 판단 미숙이나 속수무책으로 무기력했다.

그렇게 소중하며 두렵기도 한 '순간'을 어떻게 맞이해야 할까?

천 리 길도 한 걸음부터이며, 강은 한 방울의 물이 모여든 것임을 어린 사람도 잘 안다, 시간과 건강이 여유롭던 시절에 원론적 교훈은 관념 속에만 머물렀으며, 실천은 등한시되기가 일쑤였다. 그 중요성을 심각히 여길 연륜이 되어서야 살펴보니, 이미 내 육신은 탄력을 잃었고 시간은 참새 꼬리만큼 남았다. 이제 쫓기는 기분을 피할 수 없어서 애먼 세월에다 눈 흘기는 심정이다. 지금 내 얼굴이 붉은 것은 석양빛에 물든 탓인가, 때늦은 깨달음에 부끄러워서인가.

삶은 순간을 누림에 불과하다. 심장의 박동과 숨결의 마지막 순간까지 내 신념과 의지를 실은 활동을 하게 될 것이다. 마지막까지 아등바등 기를 쓰는 것은 인지상정이다. 잔병치레하는 저물녘에 무슨 큰일을 하랴 싶지만, 이 순간을 누리는 것도 어젯밤 아쉬움 속에 떠난 이를 생각하면 하찮게 볼 일이 아니다.

우습구나. 이제껏 태평스럽더니, 무슨 깨달음으로 뒤늦게 습관을 바꾸려 하는가? 순간의 특성이 그 짧은 시간에 있을진대, 무시할 수 없는 가치와 가벼운 만남의 불균형은 어리석은 내 판단을 흐리게 한다. 혹시 이 순간에도 '순간'을 순간 정도로 하찮게 여기고 있는 것은 아닌지.

생각하면, 의미 있는 큰일은 절호의 기회를 만나 취하는 순간의 결행(決行)으로 성사될 때가 많다. '순간'의 소중함을 일찍부터 깨달은 이가 남다른 준비와 인내심으로 기회를 노렸을 터이니, 그의 성취는 상식과 합리성에도 부합된다.

지난 불찰은 어쩔 수 없지만, 맞이하는 날만큼은 순간의 광음(光陰)도 귀히 여기어 깨어있겠다고 뒤늦은 결심을 다진다. 그리하면 새롭게 만나는 순간의 힘을 최고로 발휘하게 될 테니, 나의 소망도 쉬 이루지 않을까. '아침에 도를 깨치면, 저녁에 죽어도 개의치 않는다.[朝聞道 夕死 可也]'는 논어의 가르침이 떠오른다. 나도 늦게나마 깨닫고 반성했으니, 이제 실천만 남은 셈이다. 늦은 기분은 들지만, 순간의 힘을 얻기에 불가능할 만큼 늦지는 않았을 테지.

하루 또 하루, 바람 같이 스쳐 가는 날이라고, 바람을 대하듯 무심히 보낼 수 없는 이유가 여기에 있을 것 같다.

김 영 수

- 엄마와 재봉틀
- 어부바
- 내 안의 창
- 아웃 오브 아프리카

yyss0506@hanmail.net

그렇다면 '보이지 않는 창'은 어떨까. 자신의 어떤 면을 주변 사람 모두가 아는데 자기만 모르는 경우도 드물지 않다. 상대는 잘 아는데 나만 모르는 나의 모습이 있을까. … 창은 소통을 의미한다. 좀 더 원만하고 자유로운 삶을 추구한다면, 열리지 못한 내 안의 창을 들여다볼 필요가 있다.

―본문 중에서

엄마와 재봉틀

　여든의 문턱을 넘어, 하고 싶은 일을 하나씩 접을 때마다 엄마는 서글퍼하셨다. 아흔 고개에 접어들면서부터는 지팡이를 짚고도 보행이 어려워 몇 걸음 걷지도 못하고 아무데나 걸터앉곤 했다. 주민센터에 다니며 배우던 장구도 영어도 노래도 그만둔 지 오래였어도, 바느질만큼은 포기하기 어려운가 보았다. 재봉이 마지막 자존심일지도 몰랐다.

　어렸을 때 딸 넷의 옷이 모두 엄마의 손끝에서 나오던 기억에 마음이 아렸다. 집안에 재봉틀 돌아가는 소리가 멈출 날 없었으니, 재봉틀은 엄마와 평생을 함께하며 속내를 털어놓는 가장 가까운 친구가 아니었을까. 내가 멀리서 걱정을 할 때면, 바느질도 하고 책도 읽을 수 있으니 아직은 괜찮으시다던 엄마였다. 재봉은 집에서도 혼자 할 수 있고 두뇌에도 좋으니 끝까지 할 수 있을 거라며 격려하던 나를, 엄마는 무턱대고 믿고 싶은 눈치였다.

　문제는 나이가 드니 자꾸 잊어버린다는 거였다. 밑실이 자주 엉켜 겨우겨우 풀어놓으면 무슨 영문인지 바늘이 멈추고 실이 끊기길 반복했다. 그럴 때마다 엄마는, 눈 감고도 하던 일인데 내가 왜 이러는지 모르겠다며 주눅 든 목소리로 기사를 불렀다. 와서 가르쳐주는 데 3분, 다시 해보라고 연습시키고 출장비 3만 원을 받아가길 여러 차례. 엄마는 그게 아깝기도 하고 자존심도 상했을 터였다. 기사를 부르는 게 그날따라 왜 그렇게 싫었는지 엄마는 재봉틀을 들고 수리점까지 가겠다고, 거기서 배워오겠노라고 하셨다.

창밖을 내다보았다. 이미 어둠이 내린 거리는 을씨년스러워 나갈 엄두가 나질 않았다. 바깥은 영하 10도라는데 얼마나 매울지. 기사를 부르기만 하면 될 일을, 거기까지 가는 택시요금이 더 비싸다고 설득해도 막무가내였다. 분별력을 잃은 나도 엄마도 오기가 났고, 엄마를 이겨먹으려는 딸이 괘씸했는지 일부러 더 고집을 부리시는 것 같았다. 콜택시를 불렀다.

밥공기 하나도 발발 떨며 들던 엄마가 어디서 그런 힘이 났는지 재봉틀을 통째로 들고 나섰다. 다 필요 없으니 혼자 다녀오겠다는 엄마 뒤를 따라갔다. 바람까지 불어 몸을 파고드는 추위는 지독했고 그럴수록 나는 엄마가 원망스러웠다.

어렵사리 찾아간 곳은 난방도 들어오지 않는 임시건물 창고였다. 손바닥만 한 전기난로 하나로 얼음장 같은 추위를 견디고 있었다. 하나뿐인 콘센트에 우리가 가져간 재봉틀 코드를 꽂으니 그나마 켜졌던 난로도 꺼졌다. 설명을 들으며 계속해보는데도 엄마는 자꾸 실수했다. 재봉에 문외한인 내가 들어도 따라 할 수 있을 만큼 설명은 쉬웠고 숱하게 반복됐다. 엄마는 눈이 침침해서 잘 안 보이기도 했지만 추위에 손이 곱아 실도 잘 끼우지 못했다. 나도 발이 얼어 연신 발가락을 꼼지락거려야 할 지경인데 엄마는 어떨는지.

엄마는 생의 끝자락에서 재봉틀을 끌어안고 아무도 응원하지 않는 외로운 싸움을 하고 있었다. 내가 엄마 나이에 이르러 내 삶의 의미라고 여기던 글조차 포기하게 되면 심정이 어떨까. 엄마의 일은 멀지 않은 내 미래의 일이고, 그게 나에게 글쓰기라면 엄마에게는 재봉이라는 걸 모르지 않았다.

그때, 울듯하면서도 노기 띤 목소리가 얼어붙은 공기를 깨고 날아왔다. 엄마는, 그만 됐으니 설명을 종이에 적어달라고 하셨다. 추워서가 아니었다. 등 뒤에서 무섭게 노려보고 있을 딸이 보이는 것 같아, 긴장되고 손이 떨려 못하시겠다는 거였다. 나는 그만 주저앉아 울고 싶었다.

편안하게 집에서 배워도 되는데 추운 곳까지 찾아온 걸 따질 것 같았는지 엄마가 선수를 쳤다. 목소리에서 파란 불꽃이 일었다.

"이론적으로는 네 말이 맞을지 몰러도 엄마가 그 정도로 예민해 있을 때는 일단 물러서라. 너 좋은 점이 그거였는데 오늘따라 대체 왜 날 가르치려 드느냐. 예서 한마디라도 더 하려거든 당장에 너 사는 캐나다로 가거라." 나는 할 말을 잃고 멍하니 서 있었다. 도대체 내가 무슨 짓을 한 것일까.

어쩌자고 내가 그랬을까. 어쩌면 이번이 마지막 만남일지 모르니 무슨 일이 있어도 편안하게 해드리자고 다짐하고 왔건마는. 판단력도 기억력도 이해력도 모두가 예전 같지 않은데, 시시비비를 가리는 게 더는 아무 의미도 없다는 것을 모르지 않으면서도. 이제 와 후회하면 뭘 하나. 흐릿해져가는 엄마의 기억에서, 나는 그날의 일을 지우고만 싶었다.

"그날, 재봉틀 일은…, 엄마," 나는 엄마를 불러만 놓고 말을 잇지 못했다. 듣고 있던 전화 목소리가 조용히 흔들렸다.

"넌 다 늙어서도 눈물이 많구나. 내가 그깟 일로 고깝고 서운해 하며 살았으면, 이 나이 되도록 온전한 정신으로 살았겠냐. 한가한 소리 그만하고, 거긴 밤일 테니 어서 자거라."

때로는 잘못을 무조건 덮어주는 것도 사랑이다.

어부바

아들 며느리가 오는 날은 조용하던 집안에 활기가 돈다. 청소하고 음식을 준비하고 두 손자 장난감 챙기는 시간은 설렘으로 가득하다. 맛있게 먹는 얼굴과 재미에 빠져서 노는 표정을 떠올리면 없던 기운도 나는 것 같다. 큰 손자는 두 돌 반, 둘째는 겨우 돌을 지났다. 뛰다시피 하는 제 형 뒤를 작은 녀석이 펭귄처럼 뒤뚱거리며 따라다닌다. 할머니 할아버지는 그런 광경을 보기만 해도 노구에 청초한 꽃이 피는 느낌이다.

체중이 조금 더 나가는 큰 손자는 남편 담당, 작은 손자는 내 차지가 되었다. 둘째가 졸린 지 놀지는 않고 칭얼거리는 바람에 품에 안고 토닥거려주었다. 포실한 몸을 가슴에 안으니 형용할 수 없는 감정이 밀려왔다. 시간이 지나면서 팔이 아팠지만, 이 정도쯤이야 싶었다. 안쓰러운 눈으로 바라보던 며느리가 차라리 업어주는 게 낫지 않겠느냐고 했다. 업어주라고? 그래볼까 싶어서 막 업으려는데, 어부바라고 하면 알아듣고 업힌다는 소리가 등 뒤에서 들려왔다. 정말? 어부바라는 말을 안다고?

노랑머리 파란 눈동자 세상에서 태어난 꼬마가 어부바라는 우리말에 반응하다니. 물론 제 어미의 육아법 덕이겠지만 울컥할 만큼 신선한 충격이었다. 나는 고것 앞에 쪼그려 앉아 등을 들이대며 "어부~바!"라고 해보았다. 알아듣고 그런 것인지, 뒤에서 떠받치는 내 손의 무게에 밀려 내 등 쪽으로 몸이 쏠린 것인지는 몰라도 하여간 업을 수 있었다.

뒷짐 지고 깍지 낀 손으로 손자의 엉덩이를 받쳐 올렸다. 통통한 감촉이 정겨웠다. 자장가를 흥얼거리면서 한두 발짝 떼어놓자 고것의 뺨이 등에 닿았다. 걸음을 옮길 때마다 손자가 얼굴을 움직이는지 내 등에 강낭콩만 한 코가 요리조리 부딪혔다. 이어서 동그란 배가 느껴지고 앙증맞은 심장이 리드미컬하게 뛰는 소리가 등을 타고 들어와 내 심장에 와 닿는 것 같았다. 고것의 작은 북과 나의 큰 북, 두 심장이 이루는 절묘한 화음이 감미로워서 시간이 그대로 멈추었으면 싶었다. 나는 이미 업힌 아이인데도 어부바를 되뇌며 북소리에 맞춰 넓지 않은 집안을 돌아다녔다. 그렇게 몇 발짝 걸었을 때쯤, 등에 느껴지는 감촉이 마치 어떤 기억 속의 장면인 듯 친숙했다.

손자는 제 형과 놀고 싶은지 업힌 지 얼마 안 되어 내려달라고 했다. 비록 짧은 시간 동안이었어도 내가 맛본 짜릿한 희열은 온몸 구석구석에 스며들며 흔적을 남겼다. 아이들이 돌아간 뒤에도 내 등은 그 시간을 고스란히 기억했다. 따스한 체온과, 꼼지락거리던 몸짓과, 작은 심장의 울림을. 나의 양쪽 옆구리를 지그시 누르던 자두만 한 무릎의 무게를. 그리고 그때 내 감정이 얼마나 비현실적으로 달떠있었는지 까지도.

기분 좋을 만큼의 피로감이 몰려와서 소파에 누운 채 기억을 거슬러 올라가 보았다. 대체 어부바라는 단어에 내 감정이 왜 그리 북받쳐 올랐을까. 기억의 주머니를 다 열어 보아도 단서를 찾을 수가 없었다. 결혼 전 나의 시간, 대학시절, 중학교 때까지 시간을 옮겨 다녀보아도 아무것도 생각나지 않았다. 아들이 아기였을 때 업어주기는 했어도 어부바를 불렀던 기억은 나지 않았다. 우연치고는 우연 같지 않게, 어느 순간 나의 막냇동생 얼굴이 떠올랐다. 막내는 나보다 8년 늦게 태어났다. 엄마는 네 번째도 또 딸을 낳았다고, 할머니를 무슨 낯으로 뵈냐면서 울었다. 통통 부은 얼굴로 동네 산부인과를 나서던 엄마 얼굴과 배냇보에 싸인 아기 얼굴이 갈마들며 새삼스레 서글픔이 몰려왔다.

막내는 나하고 나이 차이가 커서 그런지 내게는 그저 귀엽고 신기한 존재였다. 동생이 돌 지날 무렵 처음으로 나는 동생을 업어도 된다는 허락을 받았다. 워낙 하고 싶던 일이라 겁도 나지 않았다. 엄마는 아기를 내 등에 얹고 포대기를 둘러 단단히 묶어주었다. 나는 엄마 흉내를 내어 깍지를 끼려 했지만, 손가락이 맞닿지 않았다. 결국 어설프게 아기를 업은 채로, 화단이 있던 앞마당을 어정거린 게 전부였다. 엄마의 불안한 눈빛 너머로, 활짝 핀 꽃잎들이 소녀와 아기 주변을 너울거리던 풍경이 수채화처럼 남았다.

그 후 몇 번 더 동생을 업을 기회가 있었지만 매번 엄마 손을 거쳐야 했다. 쪼그려 앉아 어부바를 외치며 아기와 엄마를 기다리던 기억. 그런데 내가 오늘 손자 업은 할머니가 되어, 막냇동생을 업고 있던 아홉 살 소녀를 추억 속에서 본 거였다. 까마득한 세월 저편에서 만난 소녀와 할머니의 어부바. 무의식에 잠재되어 있던 흐릿한 기억이 손자를 업으면서 깨어나는 바람에 그 시간이 그리 각별했는지 모르겠다.

며칠 뒤 산책길에서 무심히 걷고 있을 때였다. 늦은 오후의 햇살이 의외로 강렬했다. 온몸에 내려앉는 노을빛을 닮은 온기가 차츰 퍼지더니 훈훈해왔다. 등이 따듯해오면서 알지 못할 무게감이 느껴졌다. 나의 내면 어디에선가 아릿한 소리가 울려왔다. 동생을 업은 어린 소녀와 손자를 업은 할머니가 주홍빛 노을 속에서 '어부~바!' 리듬에 맞춰 정겹게 걷고 있었다.

내 안의 창

내리막길이다. 마음은 급한데 어쩔 수 없이 속도를 늦추고 있다. 길 끝 사거리에서는 좌회전 신호가 유난히 짧아 한번 놓치면 보통 때도 지루할 만큼 기다려야 한다. 오늘 기말고사가 시작된다. 하필이면 내가 맡은 영어 시험을 보는 날이다. 담당 과목 교사는 시험 시작 전부터 끝날 때까지 대기하며 고사 기간에 일어날 수 있는 돌발 사태에 대비해야 한다. '제발 빨간 신호에만 걸리지 말아라.'

마치 내 마음을 읽고 일부러 심술부리는 듯, 초록 신호가 깜박거리더니 노란 불로 바뀐다. 멈춰 섰다가 늦을 것이냐, 신호를 무시하더라도 빨리 지나갈 것이냐. 갈등과 초조함이 고조되며 숨이 막힌다. 노란 불. 멈춰도 되고 달려도 되는 신호 아닌가. 너무 생각이 많으면 앞으로 나아가지 못한다. 망설이다 후회한 일이 한두 번인가. 조급한 마음에, 부웅 소리가 날 만큼 오히려 속도를 높이고 만다. 좌회전하는 순간, 내 머리 위로 빨간빛이 지나갔다는 걸 느낀다. 그와 동시에, 어디서 나타났는지 저만치 있던 경찰과 나는 눈이 마주친다.

본능적으로 시선을 피했는데도 호루라기 소리가 얼마나 크게 들리는지 내 몸이 밧줄에 묶이는 것만 같다. 차창을 내리면서 머릿속이 바쁘게 돌아간다. 사정을 해 볼까, 모르는 척 잡아뗄까.

"신호 위반…이요? 노란 불에 좌회전했는데요…."

노란 불은 속도를 낮춰 멈추라는 신호라고 친절하게 설명하며 면허증을 달라고 한다. 아무래도 길어질 것 같아 등에 땀이 밴다. 마침 그때, 오늘이 수능시험일이란 생각이 퍼뜩 났다.

그 일은 벌써 오래 전 일인데 방금 일어난 것처럼 눈에 선하다. 그날 나는 기어이 선생이라는 직함을 팔고 말았다. 나는 수능 감독 가는 길이라 급해서 노란 신호에 좌회전 했노라고 둘러댔고, 공무원증을 확인한 경찰은 안전 운행하라며 나를 보내주었다. 이젠 됐구나 싶으면서도 명치끝에 돌덩이가 매달린 듯했다. 내 안에 이런 면도 있다니, 당황스러웠다. 그러지 못하던 나였다. 융통성이 부족하다는 말을 들을 정도로 모든 일을 곧이곧대로 하는 성격이었다. 임기응변으로 순박한 청년 경찰을 속인 일은, 잔가시가 박힌 것처럼 두고두고 따끔거렸다.

나는 그 일을 오랫동안 나만의 비밀로 간직했다. 일종의 무용담처럼 털어놓고 잊어버리고 싶었지만 그러지 못했다. 내 이야기를 들은 남편의 예상치 못한 반응에 겁이 나서 지레 마음의 문을 닫았는지도 모른다.

"아니, 그런 면도 있었어? 그럴 줄도 알아?"

같이 사는 남편도 저리 놀라는데 다른 사람은 어떨까. 남편도 나도 몰랐을 뿐, 나는 그럴 수 있는 사람이었다.

그 후 십 년이란 세월이 흘렀고 나는 퇴직하여 고국을 떠났다. 캐나다에 온 지 일 년도 채 안 됐을 때였다. 가족이 즐겁게 식사를 마치고 나오는데 길가에 한 줄로 늘어선 차 사이로 경찰이 보였다. 노란 티켓을 붙이고 있는 건 우리 차였다. 뭘 잘못했는지도 모르면서 가슴부터 떨렸다. 같은 방향으로 주차하지 않고 차끼리 마주보게 세운 게 위반인 줄 몰랐다. 괜히 억울하단 생각이 든 건 우리나라에서는 그게 위반 사항이 아니었다는 불확실한 기억 때문이었다.

나는 이민 온 지 얼마 안 되어 몰랐다고 구차한 변명을 했다. 너그러운 표정으로 참을성 있게 끝까지 듣고 있던 경찰은 고개를 끄덕이며, 앞으로는 조심하라고 했다. 말투가 부드럽고 친절해서 봐주는 줄 알았는데, 그게 아니었다. 그는 법규를 알았으니 범칙금은 내고 이제부터 잘 지키라며 티켓을 붙여 둔 채 돌아갔다. 나는 아들이 곁에서 지켜보고 있었다는 걸 그때서야 알아차렸다. 숨기고 싶던 내 모습을 자식에게 들키다니, 아찔

했다.

조셉루프트(Joseph Luft)와 해리 잉햄(Harry Ingham), 두 심리학자의 이름을 따서 '조해리의 창'이라 부르는, 인간의 내면을 네 가지 창으로 구분한 학설이 있다. 나도 알고 상대도 아는 나의 마음은 '열린 창', 나는 알지만 상대는 모르는 나의 마음은 '숨겨진 창'. 상대는 아는데 나만 모르고 있는 나의 영역은 '보이지 않는 창', 상대도 모르고 나도 모르는 나의 영역은 '모르는 창'으로 구분한다.

무의식적인 말이나 행동을 통해 내 안의 깊은 본성을 파악하여 치유할 수도 있고, 잠재능력을 발견할 수도 있는, '모르는 창'의 영역은 끝이 없을 것이다. 상대에게 드러내지 않은 '숨겨진 창'은 투명해지겠다고 마음먹으면 그만큼 열 수 있다. '열린 창'은 타인과의 공유를 의미한다. 그렇다면 '보이지 않는 창'은 어떨까. 자신의 어떤 면을 주변 사람 모두가 아는데 자기만 모르는 경우도 드물지 않다. 상대는 잘 아는데 나만 모르는 나의 모습이 있을까. 궁금하면서도 두렵다.

창은 소통을 의미한다. 좀 더 원만하고 자유로운 삶을 추구한다면, 열리지 못한 내 안의 창을 들여다볼 필요가 있다. 자기의식의 내면에 있는 네 가지 창을 인지하는 일이 중요한 것은, 그것이 곧 자기 자신을 알아가는 과정이기 때문이리라.

아웃 오브 아프리카

희붐하던 안개가 걷히면서 풍경이 또렷해지고 색상이 살아난다. 정오를 지난 태양이 따갑다. 차창 밖으로 멀찌감치 지나가는 평원의 녹음 짙은 나무와 뭉게구름을 이고 있는 파란 하늘은 아프리카의 초원을 그대로 옮겨다 놓은 듯하다. 십 년도 더 전에 본 영화 〈아웃 오브 아프리카〉를 떠올린 건, 아마 라디오에서 흘러나오는 배경 음악 때문일 것이다.

이대로 조금만 더 달리면 여주인공 카렌의 집이 나타날 것만 같다. 손꼽아 기다리던 데니스가 돌아오는 날. 사랑하는 데니스를 만날 생각에 카렌은 가슴이 뛴다. 그와 함께 경비행기를 타고 한 번 더 하늘을 날 수 있으리라. 나는 드넓은 아프리카 초원에 놓인 축음기에서 흘러나오던 모차르트 음악을 들으며 카렌과 데니스를 생각한다. 사랑하는 여인의 머리를 정성껏 감겨줄 때 그의 얼굴에 스미던 감미로운 표정과 섬세한 손길, 잊히지 않는 기억 속의 영상들이 파노라마처럼 펼쳐질 때쯤 음악이 끝났다. 나의 상상도 거기에서 멈춘다.

연인들의 사랑과 대자연의 풍광에 초점을 맞춘 영화는 아름다웠다. 광활한 초원과 붉게 타는 석양, 하늘을 나는 노란 경비행기 아래 무리 지어 달리는 홍학 떼 등 어느 하나 예술 사진 아닌 게 없었다. 자유로운 영혼을 가진 한 남자와 과감한 모험을 꿈꾼 한 여자의 운명적 사랑을 그린 영화였다. 그들의 인연은 아프리카 케냐의 대초원을 달리는 기차에서 시작된다.

결혼하여 농장을 운영할 희망으로 아프리카에 정착한 카렌은 남편과의 가치관이 같이 살기 어려울 정도로 다르다는 것을 알게 된다. 황량한 아프리카에 홀로 버려진 듯한 그녀의 외로움은 어떤 역경보다 힘들다. 하루가 멀다고 이어지는 잦은 사냥과 무분별한 여자관계를 벗어나지 못하던 남편은 결국 카렌과 이혼한다. 정신적 고통을 잊으려고 고단한 농장 일에 몰두하던 그녀는 우연히 자신의 커피 농장에 들른 데니스를 만나게 된다.

데니스는 카렌의 문학적 잠재력을 이끌어낼 줄 아는 사람이다. 그와 함께하는 시간은 그들이 나눈 이야기를 통해 그녀가 글을 쓰는 동기가 되고, 두 사람은 문학으로 유대감을 키워간다. 아프리카의 대자연과 모차르트와 문학을 사랑하는 그는, 그녀와 비슷한 영혼을 가진 남자이다. 그들은 사랑에 빠진다. 그러나 결혼에 구속되는 걸 원치 않는 남자와, 결혼이라는 울타리에 안주하고 싶은 여자는 사랑의 평행선을 걸으며 갈등한다.

외로움이 그 무엇보다 두려운 카렌이다. 유일한 일터이자 정신적 지주인 커피 농장마저 그즈음 화재로 잃게 되자, 그녀는 모든 것을 정리하고 고향에 돌아가기로 결심한다. 데니스가 그녀를 경비행기로 공항에 데려다주기로 한 날, 마지막 만남을 기대하며 가슴 설레던 그녀에게 데니스의 비행기 사고 소식이 날아든다. 이제 그녀 가슴에 남은 아프리카란 어떤 의미일까. 실존 인물인 그녀는 아프리카에서 살던 17년 동안의 이야기를 풀어내어 소설로 발표한다.

카렌과 데니스가 주연이고 원주민이 조연, 아프리카의 자연이 배경인 영화와는 달리 소설에서는 자연이 주연이었다. 도시의 화려함 뒤에 가려진 어두운 뒷골목 풍경을 보는 듯했다. 그곳에서는, 계속되는 악천후를 상대로 필사적 사투를 벌이는 동물과 인간의 삶이 적나라하게 드러났다. 메뚜기 떼가 휩쓸고 간 아프리카 초원은 순식간에 초토화되었다. 몇 달씩 이어지는 가뭄에 인간은 속수무책이었다. 강물은 바닥을 드러내었고, 타들어간 농작물은 쓰레기 더미가 되었다. 물을 찾아 헤매는 동물들의 메마른 울부짖음이 광야를 뒤흔들었다.

책은 흡인력 있게 나를 몰입시켰다. 장엄한 아프리카의 자연에서는 기후가 절대적인 영향력을 행사했다. 영화와 소설은 자연의 두 가지 얼굴을 보여주었다. 서로 다른 두 얼굴은 곧 우리 인간이 살아가는 모습이 아닐까 싶었다. 누가 자연을 아름답고 평화롭다 했을까 싶으리만치 자연은 매정하고 때로 잔인했다. 경외로운 자연 앞에 인간은 만물의 영장이 아니라 한낱 미물에 지나지 않았다. 그곳에서 인간이 존재감을 회복하고 인간다워지는 것은 정신적인 사랑의 힘이 있을 때뿐이었다.

작가는 남녀 간의 사랑을 넘어서는 인류애적인 사랑을 깊이 있게 그렸다. 그렇게 회복한 존엄 속에서 정신과 문화가 되살아난다는 점을 소수 부족의 삶을 통해 이야기했다. 책장을 넘기며 여성 작가 특유의 문학적 은유에 가슴이 촉촉이 젖어 드는 느낌이었다. 행간에 부린 암유는 쉽게 풀 수 없는 비밀 부호처럼 은밀했다. 보여주는 것으로 영화가 관객의 마음을 움직인다면, 책에서는 문장력이나 문학적 장치로 독자의 영혼을 사로잡았다. 정신적 쉼터와 위로가 필요할 때 영화와 문학에 기대고 싶은 이유가 아닐까.

석양이 몸을 낮추고 있다. 빛을 거둬들이는 시간이다. 아프리카 초원에서는 아마 지금쯤 곤충과 풀벌레 소리가 요란하리라. 주홍빛 노을로 모든 것을 감싸 안는 태양이 그려진다. 머지않아 그림자를 지우며 대지는 어둠과 적요에 잠기고, 동물은 휴식으로 이완하며 잠을 청할 것이다. 자연을 품에 안고 하루를 닫는 시간이 조용히 지나고 있다.

손 정 숙

- 어떤 친구와 뻐꾹 시계
- 아버지와 아들
- 행운의 빨강 금붕어
- 재클린의 눈물(Jacqueline's Tears)

jsondaisy1@gmail.com

인간의 음성에 가장 가까운 소리를 가졌다는 첼로의 따뜻하고 풍부한 울림이 실내의 모든 소리들을 잠재우며 퍼져나갔다. 사람은 슬플 때도, 기쁠 때도 눈물을 흘린다. … 부드러운 첼로의 선율은 만 갈래 심금(心琴)의 현을 한꺼번에 그어대는 듯 마음 공동에 이슬처럼 수정 방울이 맺히게 한다

–본문 중에서

어떤 친구와 뻐꾹 시계

친구(親舊)의 親자를 파자하면 '나무 위에 서서 보는 것.' 즉, 나무 위에서 지켜보아 주다가 어렵고 힘들 때 내게로 다가와 준다는 뜻이라 한다. 나무 위에서 지켜주는 친구라면 새(鳥)가 더 적격이 아닐까 상상해 본 것은 순전히 우리 집 뻐꾹 시계 때문이다. 서울에서 대망의 올림픽대회가 개최되던 해, 친구 부부와 우리, 네 사람은 난생처음 구라파 여행으로 몹시 흥분해 있었다. 토론토 한국여행사 '김' 사장이 구라파 여행코스를 신설하고 선발팀으로 가게 된 것이다. 현지 여행사 사장과 만나기로 한 '암스테르담' 공항엔 아무도 마중 나와 있지 않았다. 공항에서 합류하기로 한 다른 여행객도 전혀 없었다. 사장은 나타나지 않고 영어권이 아니니 물어볼 수도 없고, 난감하기 짝이 없었다. 시간이 흐르면서 점점 더 불안하고 초조하여 툭 건드리면 눈물이 폭 쏟아질 지경이 되었다. 30여 분이 지나자 웬 한인 남자 한 분이 텅 빈 청사로 들어섰다. 무조건 달려가 붙들었다.

그런데 말문도 열기 전에 "사장이 갑자기 출타해서 대신 오느라 늦었다"라며 거듭 사과하는 것이었다. 와 준 것만도 감지덕지 구세주 같았다.

독일 '뒤스버그' 호텔에서 자고 난 다음 날 그가 밝힌 자초지종을 듣고는 아연실색하지 않을 수 없었다. 그가 바로 독일 '유로파 여행사' '조' 사장이었다. 뉴욕 손님 30여 명이 같은 기간에 열리는 서울올림픽 관광으로 계획을 변경하였다며 며칠 전에 예약취소를 하였다 한다. 4명으로는 그룹 여행은 할 수 없고, 적당히 변상해서 돌려보내려 했는데 막상 만나 보니 왜 그런지 몰라도 친구가 되고 싶더라는 것이다. 아마도 너무 순진하고 가련해서였을 것이라며 웃었지만 분명한 것은 '김' 사장의 바람 넣기만 아니었다면 구라파 여행이란 생각조차도 못했을 성품들이라는 사실이다.

자신의 승합차에 식료품과 취사도구를 싣고 와서 여행스케줄을 다시 짰다. 새벽 6시에 기상하여 아침, 점심은 간략하게, 저녁만은 디너쇼나 전통 쇼를 보면서 즐기기로 하였다. 수가 적어 기동력이 빠르고 현장 가이드를 구하기가 용이할뿐더러 관광지 입장이 아주 쉬웠다. 될수록 많은 곳을 보여주겠다며 봄베이니, 카타콤 같은 보통 여정엔 없는 유적을 찾기도 하고, 큰 차로는 어림도 없는 산장호텔에서 청정한 숲속 공기를 마시며 민속풍경과 인심을 피부로 경험할 수 있었다. '조' 사장은 서라벌예대 연극과 출신으로 한때 자신이 주연한 '연산군' 연극에서 폭군연산의 대사를 큰소리로 암송하기도 하고 경유지의 민속 노래를 들려주기도 하면서 가족처럼 즐겁게 안내해 주었다.

뻐꾹 시계를 살 수 있었던 것도 스위스 산골에 있는 시계 장인의 작업장을 직접 찾을 수 있은 때문이었다. 스위스 정밀공업은 얼마나 정교한지 독일 장인이 머리카락 1밀리를 50등분한다면 스위스 장인은 잘린 머리카락에 구멍을 뚫을 수 있다며 기염을 토하였다. 기념으로 아이들이 즐길 수 있도록 오두막집에 시, 분, 노래, 3개의 무쇠 솔방울추가 달린 뻐꾹 시계를 샀다. 30분에 뻐꾹~ 한 번, 시간마다 시간 수대로 뻐꾹~ 뻐꾹~ 울었다. 뻐꾹새가 톡 튀어나와 머리를 드는 동시에 앞마당이 돌아가며 알록달록한 옷을 입은 산동네 어린이들이 손잡고 요들송을 부른다.

여행이 끝났을 때 우리는 피곤한 중에도 여행의 충족감으로 생기가 넘쳐흘렀지만 12일간이나 거친 길을 혼자 운전하며 안내역까지 도맡았던 '조'사장의 얼굴에선 비지땀이 흘렀다. 금전적 손해는 말해 무엇 하랴. '조'사장의 희생적 우정을 시작으로 거의 10여 차례의 구라파 여행을 하였다. 골샌님 같은 외곬의 우리 눈을 크게 떠서 보다 넓은 세계로 초점을 맞출 수 있게 되었다. 시간의 흐름에 따라 발전한 세계문화와 문명의 깊이와 넓이와 길이를 탐사할 수 있게 해준 것이다. 뻐꾹 시계 소리는 집안에 즐거운 활기를 불어넣어 주고 자칫 나태해지기 쉬운 일상에 시간 맞추어 몸과 마음을 다잡아 주는 좋은 지킴이가 되어왔다.

영어 FRIEND(친구)를 파자하면 Free 자유로울 수 있고, Remember 언제나 기억에 남으며, Idea 항상 생각할 수 있고, Enjoy같이 있으면 즐거우며, Need 필요할 때 옆에 있어 주고, Defend 힘들 때 의지할 수 있는 고귀한 존재라는 뜻이라 한다. 동서양을 막론하고 힘들 때, 위기의 때에 도움이 되어야 한다는 명제는 같다. 지금은 디지털 시대다. 나무 위에서 보다가 위기를 경고해 주는 친구의 효율성을 달아본다. 새해 들어 많은 단체의 회장 선거가 게시되었다. 이합집산과 배신의 잡음이 없는 공정한 선거가 되기를 기원하다가 과연 '친구란 무엇인가' 새삼스러운 상념에 빠져든다.

"친구는 사랑이 끊이지 아니하고…" 잠언 한 절이 뇌리를 스친다. "…많은 친구를 얻는 자는 해를 당하게 되거니와… 어떤 친구는 형제보다 친밀하니라….." 많은 친구란 어떤 친구일까. 나무 위 새 떼들은 공포 한방에도 제 먼저 달아난다는 것을 떠올리다가 문득 깨달았다. 수가 많다고 다 참 친구는 아니라는 것. 사랑이 끊이지 않고 자신을 희생할 수 있는 그가 바로 참 형제보다 친밀한 어떤 친구라는 것을 알았다.

뻐꾹~. 뻐꾹 시계가 운다. '때'를 현명하게 판단할 수 있는 지혜로운 친구가 되라 한다.

사랑의 참 친구가 되라 한다. 나무에 달려서 한결같이 지켜주는 그 친구를 떠올린다.

아버지와 아들

지구의 기류변화가 전자속도를 닮아가나 보다. 플로리다에 토네이도가 몰아쳐서 보트를 타고 시내를 다닌다거나 동북부 어디에 눈사태가 한 마을을 흔적도 없이 덮쳤다는 소식이 들리기가 바쁘게 이곳까지 그 여세가 맹위를 떨치며 들이닥치는 것이다.

돌아오는 길은 그야말로 난장판이었다. 오후 4시인데도 짙은 안개로 앞을 분간할 수 없었다. 바람은 어찌나 세게 부는지 거리엔 꺾어진 나뭇가지들이 엉겨 뒹굴고 간판들이 찢어지고 자빠져서 몸부림치고 있었다. 어느새 눈발까지 뿌리기 시작하여 한시바삐 돌아가려고 신경을 곤두세우고 운전을 하였다.

어서 차를 들여놓고 따뜻한 안식처로 들어가야지… 한숨 돌리는데 차고 문이 열리지 않았다. 얼었나? 두 번 세 번… 누르다가 가로등이 꺼진 걸 보고 앗 차. 전기가 나갔다는 걸 퍼뜩 깨달았다. 집안은 이미 냉장고가 되어가고 있었다. 습관적으로 현관에 들어서면서 전등 스위치를 올렸지만 작은 비상등까지 꺼진 집안은 컴컴한 동굴 속 같았다. 굵직한 빨간 초에 불을 켜고 오랫동안 쓰지 않아 껌뻑거리는 손전등을 찾아 곁에 놓고 소파에 웅크리고 앉았다. 연결되지 않는 전화기를 들었다가 내려놓기를 여러 번 하였다.

어느새 밤 11시, 전기가 쉽게 돌아올 것 같은 기미는 보이지 않았다. 눈발은 좀 뜸해졌는데 바람 소리는 기마전이 벌어진 전투장의 아우성이었다. 데크 위 가제보가 얼마나 세게 요동을 치는지 네 기둥이 마구 흔들렸다. 뒤뜰 백양나무가 온몸으로 살풀이춤을 추는 게 그대로 지붕 위로 덮칠 듯 보기에도 겁이 났다. 여차하면 도망이라도 칠 듯 온몸은 잔뜩 긴장되었는데 머릿속에선 토막 영상들이 '플래시 몹'으로 번쩍거렸다. 문득 무인고도에 갇힌 듯 막막했던 그때 일이 떠올랐다. 몇 해 전, 때 아닌 춘삼월에 몇 십 년 만의 대폭설이 뉴욕 주를 강타하였다.

버펄로 출발, 디트로이트 환승, LA행 비행기를 기다리고 있었다. 눈사태로 뉴욕 발 비행기가 2시간이나 버펄로에 연착하는 바람에 디트로이트 LA 환승 비행기를 놓쳤다. 우여곡절 끝에 LA 도착은 4시간이나 늦게 되었다. 당연히 공항에서 연착 안내방송을 하였으리라 믿고 마중 나올 친구를 기다렸지만 한

식경이 지나도록 오지 않았다. 공항 안내원의 설명을 들은 우리는 당황하지 않을 수 없었다. 버펄로에서 출발하는 비행기가 늦었을 뿐이지 디트로이트-LA 비행기는 정시에 출발하여 정시에 LA에 도착했다는 것이다. 공항 전화를 내주며 친절을 베풀었지만, 전화번호를 알 수 없었다. 도시 이름도 동네 이름도 생각나지 않는 것이다. 맥이 빠져 주저앉을 것 같던 그때 섬광처럼 비친 지혜가 인터넷이었다.

다음날 호텔로 데리러 온 친구는 만나자 웃기부터 하였다. 떠난 것은 확실한데 3시간이나 기다리다 돌아갔다고 한다. 간신히 큰아들과 전화가 되었다. "아. 우리 부모님이 언제 LA를 가셨어요? 염려 마세요. 우리 부모님은 어떻게든 찾아오실 거니까요." 혹시 딸은 알고 있을까 전화를 하였더니 금세 "아이 어떻게 해요. 찾으시면 제게도 좀 알려 주세요" 하더라는 것이다. 지금도 걱정을 끼친다고 핸드폰만 만지작거리고 있는 중이다. 소통이 단절되었다는 압박감이 점점 짙어지면서 잡념이 덜덜 떨며 머릿속을 들락거렸다.

갑자기 현관문으로 환한 빛이 비쳐왔다. 자동차 헤드라이트도 끄지 않은 채 큰아들이 뛰어 들어왔다. 걱정되어서 들러봤다는 것이다. '그냥 전기 들어올 때까지 견뎌보겠다.' 우물거리는 아빠에게 짐짓 목소리를 높였다. '10분 이내에 빨리 준비하고 나와요.' 나를 돌아보며 싱긋 웃는다. 저희 자랄 때 아빠의 재현이다. 아들과 아빠는 도란도란 이야기가 많다. 나는 잘 이해할 수 없는 의학용어도 주고받는다. 운전사가 바뀐 자동차 뒷좌석에 편안히 기대앉아 새김질하듯 넉넉한 상념에 젖어 들었다.

'의학을 하려면 전문의를 해라.' '인술은 베푸는 것이지 자기 혼자 지니는 지식이나 기술이 아니다.' 아버지는 매사에 단호하였다. '요새 존엄사 문제로 논란이 많던데…?' 부자간의 대화가 화제를 바꾸었나 보다. '의사소통도 안 되고 육신을 움직이지도 못하는 환자는 여러모로 무익한 손실이라던데?' 잠시 잠잠하던 아들이 입을 열었다. "갓난아이는 말도 못 하고 몸도 추스르지 못해 먹여주고, 진자리 마른자리 가려줘야 살지요. 장래에 뭐가 될지 모르면서도 부모들은 기쁘게 정성을 다해 기르거든요. 나고 죽는 건 의사의 소관이 아니에요."

나란히 앉은 두 어깨가 자동차 바퀴 따라 흔들린다. 부자간의 천륜이 둥글둥글 굴러간다. 인간의 존엄성이란 인정을 받을 때 우러나는 존재감일 것이라는 생각이 든다. 호텔 체크인을 마친 아들이 웃으며 손을 흔들었다. '휴가 많이 즐기세요.' 아빠는 엄지와 곤지로 하트모양을 만들고 있었다.

행운의 빨강 금붕어

현관문 곁 창으로 밖을 내다본다. 바람에 불려온 단풍나무 씨앗들이 젖은 바닥에 찰싹 깔려있을 뿐 빨간색 '재규어'도 까만색 '엘란트라'도 없다. 어깨를 맞붙인 타운하우스니 바로 옆방이 빈 듯 허전하다. '에레나'는 키가 자그마하고 서글서글한 성품에 붙임성이 좋아 친척 집 조카처럼 정이 갔다. 내가 힘이 더 세다며 소매를 걷어붙이고 잔디를 깎느라 땀을 뻘뻘 흘리던 모습이 눈에 선하다. 과수원에서 사과나 복숭아, 체리 같은 걸 사 오면 애들 방에 넣어주듯 스스럼없이 나누며 지내던 10년 이웃이었다. '브록'(Brock)대학에서 공부하는 딸을 위해 '썬더베이'에 사는 부모가 집을 사주었다. 졸업 후 두어 해 보조 교사를 하다가 정규직장을 찾아 이곳저곳 옮겨 다니는 눈치더니 근래에는 뉴욕까지 간 모양이었다. '백마 탄 기사'가 나타나면 결혼할 거라며 웃기더니 재작년에 빨간색 '재규어'를 탄 기사를 데리고 왔다. 남편 '폴' 역시 보조 교사인데 뉴욕의 아파트값은 도저히 감당할 수 없다고 국경을 넘나들며 출퇴근을 하더니 한 겨울 지나자 더 이상 버티지 못하겠다며 포기하기에 이른 것이 다. 새 직장을 찾아 아예 이사까지 결정한 것이다. 가끔 주일에 교회에 가려고 나오다 마주치는 경우가 있었다. '폴'은 늦잠 자 는 중이라며 '팀호튼' 커피를 사 들고 들어가는 '에레나'의 모습 이 무척 피곤해 보였다. 토론토지역으로 직장을 구하러 다닌다 며 '기도 좀 해 주세요.' 여전히 명랑한 목소리로 부탁하였다. 저녁에 떠날 예정이라기에 서둘러 돌아왔는데 이미 다 떠나버 린 후였다.

문 앞에 선물 봉투 하나, 굿 바이! 즐기세요. (Good Bye! Enjoy it.) 굵은 매직펜으로 박아 쓴 메모 한 장이 덩그러니 놓여 있었다. 눈물이 핑 돌았다. 아침에 인사는 했지만 떠날 때 직접 배웅하지 못한 서운함이 안개처럼 눈앞을 가렸다. 직장을 구하 려고 애쓰는 야윈 모습들이 한없이 애처롭고, 그들 앞에 요동치 는 생존경쟁의 세찬 파도가 슬픔처럼 밀려왔다.

텅 빈 드라이브 웨이가 허허로운 바람을 일으키며 마음 바다 을 훑고 지나간다. 까만 화판에 까만 표구를 한 액자를 꺼내 보았다. 열두 마리 빨강금붕어들이 먹이를 가운데 두고 둥글게 모여 있다. 머리를 맞댄 붕어들의 수염이 하늘하늘 흔들린다. 지느러미가 부드러운 비단결처럼 살랑살랑 물결을 가르고 갈라진 꼬리가 좌우로 흔들리며 유연한 힘을 발산하고 있다. 금방이라도 풀쩍 솟아올라 회를 치며 물방울을 사방에 쏘아댈 듯 휘젓는 몸놀림이 팔팔하다. 사진인데 어쩌면 저렇게 살아있는 듯 정교하고 입체적일 수 있을까 신기해서 자세히 들여다보다 깜짝 놀랐다. 그것은 사진이 아니라 아주 가는 비단실로 수를 놓은 자수 액자였다. 뒷면의 설명으로 '행운의 금붕어' 치 쑤(Chi Xu. 持續 지속)라는 걸 알았다. 빨간 금붕어는 상서롭다고 하며, 12마리는 12달을 뜻한다고 하였다. 일 년 열두 달 내내 행운이 넘치라는 축복의 액자였다. 어느 유명한 수예가가 정성 들여 수놓은 축원의 비손이었다. 순간 이 액자는 나보다 그들에게 더 필요한 액자라는 판단이 번쩍 스쳤다. '돈밀스' 어디라는 그들의 새집으로 한달음에 달려가고 싶었다. 고운 마음만 감사히 받겠다고 손사래를 칠 생각이었다. 오늘 옆집에서 탕탕 못질 소리가 난다. 아직도 떠난 이웃에 대한 감상에 연연해 있는 자신을 깨우다가 새로운 상념에 빠져들었다. 지난 일생 동안 있은 나의 이사행적을 되돌아보았다.

한국을 떠나 미국 '버팔로', '버팔로'에서 캐나다 '런던', '런던' 내에서 2번, 그리고 나이아가라 '폰 힐'로 오기까지 총 5번의 이사를 하였다. 그런데 언제나 이사를 간다는 일은 벅차고 버겁고 힘이 들었다. 무사히 이사를 가는 일에 급급한 나머지

우리를 떠나보내는 이웃들의 감상 같은 건 생각해 볼 겨를이 없었다. 떠난다는 사실을 슬퍼할 겨를도 없었고. '에레나'의 떠남을 섭섭해 하듯이 즐겁게 지내던 이웃이 우리를 떠나보내면서 어떤 감상을 가졌을지는 더더욱 생각해본 적이 없었다. 사이좋게 머리를 맞댄 열두 마리 빨강금붕어가 뽀르륵 날숨을 뿜어낼 것만 같다. 일 년 열두 달 서로 비비며 사이좋게 둥글둥글 살아가는 삶의 풍요로움을 일깨워준다. 볼 때마다 '에레나'와 '폴'의 소원성취와 행복을 기원하게 한다. 어느 곳에서 살던지 축원으로 교류하는 우리의 마음은 항상 평안하고 행복할 것이다.

어느 날, 홀연히 닥쳐올 이사를 위해 아름다운 흔적을 남기고 싶다. 나눌수록 많아지고 베풀수록 더 크게 돌아오는 사랑의 자취를 쌓을 수 있으면 얼마나 좋으랴.

재클린의 눈물(Jacqueline's Tears)

실내 가득 퍼지는 첼로의 그윽한 선율이 마음 밑바닥을 훑으며 오랫동안 잊혔던 눈물의 씨앗 하나를 긁어 올렸다.

축하 연주 '재클린의 눈물'을 연주하는 유명 첼리스트 콴(Kwan) 씨는 원로수필가 'J' 여사의 사위다. 오래전 혼인 문제로 그들이 헤쳤던 고난의 가시덤불이 아련히 떠오르면서 눈앞을 부옇게 흐리게 한다. 이민족이라는 이유 하나 때문에 관념의 암벽에 갇힌 아버지와 딸은 완전히 평행선을 그리며 각자의 철옹성에서 한 치도 비키지 않고 굳게 버티고 있었다. 어떻게든 아버지의 마음을 열어 딸과의 대립각을 풀도록 해 달라는 'J' 여사의 요청을 듣고 어렵사리 아버님을 만나긴 했지만, 타협을 가로막는 자기주장의 단단한 두께는 상상을 초월하였다.

동족이 아니면 절대로 허용할 수 없다며 팔짱을 끼고 꼿꼿하게 앉아 계시던 아버지의 음성은 엄격하고 단호하였다. 딸과 어깨동무를 하고 다니던 자애로운 아버지의 사랑은 흔적도 없고 반론이 있으면 제기해 보라는 듯 던지는 날카로운 시선에 온몸이 얼어붙는 듯하였다. 잠 못 이루는 깊은 밤엔 냉장고 히터 돌아가는 쇳소리마저 고문의 형틀처럼 듣기 괴로웠다는 수척한 'J'여사의 눈빛이 곁에서 애처롭게 흔들리고 있었다. 세 딸 중, 맏딸 혼인이 본보기를 잘 끊어야 한다는 아버지의 주장은 자녀 결혼을 아직 먼 미래 일로 생각하던 나마저도 퍼뜩 정신이 들게 하였다. 그들의 문화를 이해하고 수용하지 못한다면 결과적으로 내 딸을 빼앗기고 만다는 아버지의 절박한 상실감이 쉽게 수긍이 되었다. 불면 꺼질세라 온갖 정성 다 드려 목숨보다 더 귀하게 기른 딸인데 사위와 오손도손 정겨운 말 한마디 나누지 못하다니… 억울함이 이해되고도 남았다. 딸을 지극히 사랑하기에 더욱 탄탄히 쌓아 올린 높은 벽인데 어떻게 뚫어야 할지 난감하기 짝이 없었다.

90여 종족이 한데 어울려 모자이크 문화를 형성하며 더불어 살아가는 캐나다에서 한국인의 정체성은 어떻게 변화될 것인가 깊이 생각해 볼 필요가 있었다. 이민족 간의 결혼은 점차적으로 단일민족의 특수성을 상실하게 할 것이다. 민족 간에 서로 동화되는 데는 3대(三代)가 걸린다고 한다. 그렇다면 나의 반대란 겨우 한 세대에만 힘을 떨칠 뿐이지 않은가. 더구나 앞으로 올 세상의 주인공은 이들이라는 데에 생각이 미치자 나는 용기를 다하여 딸의 의견을 수용해 주어야 하는 이유를 설명하기 시작하였다.

'그 길로 가면 낭떠러지가 있다는 것을 아는 부모는 극구 말립니다.' 부모의 교훈을 받는 자녀들의 반응은 세 가지로 나타납니다. '처음부터 그 길로 가지 않는 자녀가 있고, 중도에 훈계를 받아들여 돌아서는 자녀, 그리고 기어코 끝까지 가서 떨어지고 나서야 낭떠러지가 있다는 것을 확인하는 자녀가 있습니다.' 그분은 미동도 하지 않고 곧은 시선으로 다음을 재촉하였다. 긴장감이 피부로 전해오면서 앉은 자세를 고치게 하였다. '허락해 주셔야 되는 이유는… 떨어진 후에 돌아갈 곳을 만들어 주기 위한 것입니다.' '끝내 인정을 받지 못한 자녀는 절망의 때에 안아줄 위로의 품이 없습니다.' 말을 마치는 순간 그분의 굳게 닫혔던 입에서 어! 하는 단말마의 소리가 튀어나왔다. 동시에 단단한 팔짱이 풀어지고 두 주먹이 되어 무릎을 치면서 딸의 이름을 부르는 것이었다.

"돌아오게 해주세요." 딸을 찾아가 중재를 부탁하던 그분은 자식 앞에 한없이 약해지는 아버지의 사랑, 그 모습뿐이었다. 30층이 넘는 비둘기장 아파트에서 전화기로 달려가던 딸의 눈에서는 눈물이 콧물을 부르며 방울방울 떨어지고 있었다. 자정이 넘은 캄캄한 밤 런던까지의 먼 길을 달려오면서 내 눈에서도 이유를 알 수 없는 눈물이 계속 흘러내렸다. 아버지와 딸의 막힌 장벽을 순식간에 허물어 버린 천륜의 사랑이 감격스럽기 한이 없었다.

인간의 음성에 가장 가까운 소리를 가졌다는 첼로의 따뜻하고 풍부한 울림이 실내의 모든 소리들을 잠재우며 퍼져나갔다. 사람은 슬플 때도, 기쁠 때도 눈물을 흘린다. 재클린의 눈물이 어떤 감성의 분출이었는지 세심하게 이름 지을 수 없지만 부드러운 첼로의 선율은 만 갈래 심금(心琴)의 현을 한꺼번에 그어대는 듯 마음 공동에 이슬처럼 수정 방울이 맺히게 한다.

첼리스트의 무아의 세계를 함께 유영하면서 그분이 여기 계셨으면, 사위의 첼로연주를 들으실 수 있었으면 하고 그리워한다. '사랑하는 딸이 자기 인생을 스스로 책임지게 하기 위해 놓아주셔야 합니다.' 미처 해 드리지 못한 이유 하나 살짝 말씀드릴 수 있을 것 같다.

비스듬히 앞자리에 앉은 'J' 여사의 옆모습이 발갛게 홍조를 띠었다. 문학은 눈물의 참뜻을 깨달아 가는 기록일 것이란 생각이 든다.